LE MYSTÈRE DE KENSINGTON

DANS LA MÊME COLLECTION :

N° 1 – HIGGINS MÈNE L'ENQUÊTE
N° 2 – MEURTRE AU BRITISH MUSEUM
N° 3 – LE SECRET DES MAC GORDON
N° 4 – CRIME À LINDENBOURNE
N° 5 – L'ASSASSIN DE LA TOUR DE LONDRES
N° 6 – LES TROIS CRIMES DE NOËL
N° 7 – MEURTRE À CAMBRIDGE
N° 8 – MEURTRE CHEZ LES DRUIDES
N° 9 – MEURTRE À QUATRE MAINS

AUX ÉDITIONS DU ROCHER :

MEURTRE AU BRITISH MUSEUM
LE SECRET DES MAC GORDON
CRIME À LINDENBOURNE
L'ASSASSIN DE LA TOUR DE LONDRES
LES TROIS CRIMES DE NOËL
MEURTRE À CAMBRIDGE
MEURTRE CHEZ LES DRUIDES
MEURTRE À QUATRE MAINS
LE MYSTÈRE DE KENSINGTON
QUI A TUÉ SIR CHARLES?
MEURTRES AU TOUQUET
LE RETOUR DE JACK L'ÉVENTREUR
MEURTRE CHEZ UN ÉDITEUR
HIGGINS MÈNE L'ENQUÊTE
MEURTRE DANS LE VIEUX NICE

J.B. LIVINGSTONE

LE MYSTÈRE DE KENSINGTON

▪ EDITIONS *de* VILLIERS ▪

ISBN : 2 - 7386 - 0157 - X

CHAPITRE PREMIER

Malcom MacCullough avançait avec une extrême prudence. L'un des plus célèbres commissaires-priseurs du Royaume-Uni, et certainement le plus érudit, ne voulait pas commettre le moindre faux pas. Dans sa vaste demeure de la banlieue nord de Londres, il avait accumulé quantité d'objets rares formant un véritable musée et des milliers de livres traitant de styles de toutes époques. Qu'il s'agisse des sculptures égyptiennes ou des peintures tibétaines, aucune création artistique n'avait de secret pour Malcom MacCullough.

A 10 heures du soir, le commissaire-priseur était dans une forme parfaite. Il avait l'habitude de travailler la nuit entière et de se coucher vers 9 heures du matin. Quand la ville était endormie, se plonger dans un gros traité d'architecture précolombienne était un véritable plaisir.

Mais Malcom MacCullough avait trop de soucis en tête pour songer à ses chers pieds de lampe alexandrins ou à un bronze Ming. Ce qu'il tenait entre les mains avait infiniment plus de valeur. S'il tombait avec son précieux fardeau, ce serait une catastrophe dont il ne se relèverait pas.

Il lui fallut passer par un étroit couloir encombré de morceaux de granit et de débris de vases grecs. Le pire faillit se produire quand le pied de Malcom MacCullough heurta l'un d'eux. Au prix d'un formidable réflexe, il parvint à conserver l'équilibre. Le commissaire-priseur s'arrêta quelques instants pour reprendre sa respiration. L'alerte avait été chaude. Il croyait pourtant bien connaître les dangers du parcours le menant à la salle à manger. Nerveux, les mains quelque peu tremblantes, il ralentit l'allure afin de prendre moins de risques. Il avait trop travaillé pour réduire ses efforts à néant à cause d'une maladresse. Un homme comme lui n'avait pas le droit de se laisser aller. C'était dans l'épreuve que le véritable caractère d'un Ecossais se révélait dans toute sa fermeté.

Malcom MacCullough alla de l'avant. Renoncer si près du but aurait été stupide.

D'un pied délicat, le commissaire-priseur passa la porte de la salle à manger où deux hommes, rigoureusement immobiles sur leurs sièges, l'attendaient avec une angoisse certaine. La pièce était éclairée par des candélabres provenant d'églises orthodoxes. Des chaises Louis XIII à haut dossier entouraient une table italienne aux pieds torsadés.

– Messieurs, commença Malcom MacCullough, voici donc...

Une fenêtre s'ouvrit brusquement, sous l'effet d'un vent violent. Surpris, l'Ecossais faillit, une nouvelle fois, laisser tomber son précieux fardeau.

Le plus corpulent des deux hommes se leva et referma la fenêtre avec peine. C'était une tempête d'une rare intensité qui soufflait sur Londres, accompagnée d'une pluie battante.

Essoufflé, le commissaire-priseur posa le plat sur la table.

– Et voilà, dit-il avec fierté. Tout juste sorti du four. Un pudding de ma spécialité. Crème de marrons, chocolat au miel, amandes du Mexique, morceaux de banane, un peu de moutarde forte et une sauce à la vanille. Une vraie merveille.

Le superintendant Marlow se rassit. Le whisky de Malcom MacCullough était raide, mais excellent. Il en avait sans doute abusé. C'est pourquoi il ne redoutait pas le dessert venant achever un repas d'une forte valeur nutritive.

L'ex-inspecteur-chef Higgins, en revanche, avait pris d'élémentaires précautions en absorbant discrètement des granulés pour le foie fabriqués par Nelson's. S'il éprouvait une grande estime pour les qualités professionnelles de son ami MacCullough, il désapprouvait sa fâcheuse tendance à se prendre pour un pâtissier d'élite.

Considéré comme le meilleur « nez » de Scotland Yard, Higgins avait pris une retraite anticipée pour s'occuper enfin de ce qu'il considérait comme essentiel, une vie paisible dans son cottage du Gloucestershire, la lecture des bons auteurs, l'entretien de sa pelouse, la culture des rosiers et les longues soirées au coin du feu en compagnie de Trafalgar, un siamois aux yeux bleus.

Higgins était pourtant promis à une brillante carrière. Mais les interventions appuyées du grand patron du Yard et celles, discrètes, de la Couronne, étaient restées sans effet. Higgins, têtu, n'avait pas changé d'avis. Les tempes grisonnantes, la lèvre supérieure ornée d'une moustache poivre et sel, il tenait à une élégance classique qui seyait à son personnage débonnaire aux yeux vifs et inquisiteurs.

L'ex-inspecteur-chef avait quitté le Yard, mais le Yard ne l'avait pas quitté. Dans certaines circonstances délicates, la police de Sa Majesté faisait appel à Higgins avec l'espoir qu'il accepterait de l'aider. C'était généralement le superintendant Marlow qui était chargé de ces difficiles négociations.

En cette soirée où un vent d'une inquiétante violence soufflait sur Londres, les deux policiers ne se rencontraient pas pour parler métier. Higgins avait promis à son ami Malcom MacCullough de répondre favorablement à son invitation à dîner. Le commissaire-priseur l'avait aidé dans une enquête. En contrepartie, Higgins devait lui dévoiler les dessous de cette affaire que ne révéleraient jamais les journaux. En satisfaisant à cette obligation, l'ex-inspecteur-chef en avait profité pour faire d'une pierre deux coups. Scott Marlow l'avait contacté pour lui demander d'expertiser une pièce ancienne qu'il venait d'acquérir, connaissant le goût de son collègue pour l'archéologie. Higgins, avec l'accord de Malcom MacCullough, avait invité Scott Marlow à ce dîner écossais où l'avis du commissaire-priseur serait déterminant.

Jusqu'à l'arrivée du pudding, tout s'était bien passé. Malcom MacCullough avait fait un remarquable exposé sur l'évolution des stylobates et des pieds de colonnes crétois. Scott Marlow n'était resté éveillé que grâce à la qualité du whisky. Higgins avait rêvé à la douceur de son existence campagnarde, loin de la pollution londonienne.

– Puis-je, mon cher Malcom, te soumettre le problème délicat pour lequel nous sommes réunis?

– Pas avant d'avoir goûté à mon chef-d'œuvre, vieux forban! Je t'en découpe une belle tranche.

L'odeur même du pudding agressa le foie de l'ex-inspecteur-chef. Il ne trouvait aucun moyen d'échapper à l'épreuve. Le superintendant Marlow, inconscient, tendit son assiette.

Une autre fenêtre s'ouvrit avec fracas.

La pluie redoublait de violence.

– Par la reine! s'exclama MacCullough, interrompant le découpage.

Le commissaire-priseur se rua vers la fenêtre. La pluie mouillait une pile de livres reliés. Le vent soufflait si fort que l'Ecossais ne parvenait pas à la refermer.

– Venez m'aider, exigea-t-il. Jamais vu une pareille tempête!

La lumière s'éteignit.

– Il y a des bougies et des allumettes sur la cheminée, indiqua le commissaire-priseur, continuant sa lutte contre les éléments. Scott Marlow se leva et se heurta à une chaise, puis à la table. Higgins, qui était du signe du chat selon l'astrologie orientale, avait la capacité de voir dans les ténèbres. Il trouva les objets indiqués et fit jaillir la lumière.

Le superintendant, évitant les obstacles, alla prêter main-forte au commissaire-priseur. La fenêtre enfin refermée, Malcom MacCullough utilisa deux lampes à huile d'époque gréco-romaine qui procurèrent une clarté appréciable.

– Fichue soirée, maugréa Scott Marlow. On croirait presque à la fin du monde.

– Vous devriez nous montrer votre remarquable acquisition, suggéra Higgins.

Le superintendant sortit de sa poche une pièce en bronze d'apparence ancienne.

– Les temps sont difficiles, avoua le superintendant. Trouver un bon placement, c'est un véritable casse-tête. J'ai songé aux vieilles monnaies... Un cousin m'en a vendu une dizaine comme celle-ci. Je crois que j'ai fait une bonne affaire, mais j'aimerais en être sûr.

Malcom MacCullough utilisa une loupe pour examiner la pièce qu'il avait essuyée sur le revers de son veston.

– Je suppose qu'on vous l'a vendue pour un statère représentant le temple de Jérusalem.

– Euh... C'est bien possible...

Higgins fit un signe discret à l'intention du commissaire-priseur pour le prier de se taire. Au seul ton de son ami, l'ex-inspecteur-chef avait compris que son jugement était établi : une fausse pièce. Mieux valait éviter un trop grand choc. Higgins éprouvait de l'estime pour son collègue même si ce dernier négligeait trop l'intuition au profit d'une logique un peu scolaire. Mais Marlow avait de la morale et de la conscience professionnelle, qualités qui se faisaient de plus en plus rares, même dans la police.

Dans la nuit tourmentée, un lointain clocher commença à égrener les douze coups de minuit.

– Qu'en pensez-vous? demanda Scott Marlow. Une belle acquisition, n'est-ce pas?

– Belle, c'est le mot...

– Quelle valeur exacte?

– Difficile à préciser d'emblée... Je dois consulter des traités de numismatique.

Alors que résonnait le douzième coup de minuit, le téléphone sonna.

Intrigué, Malcom MacCullough décrocha. Il écouta son correspondant quelques instants, puis tendit le combiné à Scott Marlow.

– C'est pour vous, révéla le commissaire-priseur. Scotland Yard.

– J'ai été obligé d'indiquer où je me trouvais, précisa le superintendant. Raison de service...

Au fur et à mesure que le message lui était délivré, Scott Marlow pâlissait. Quand il raccrocha, il était la proie d'une vive émotion.

– C'est horrible, dit-il, horrible... Il y a un corps qui brûle à l'église copte de Kensington!

CHAPITRE 2

Higgins avait consenti à accompagner Scott Marlow jusqu'au lieu du drame, estimant son collègue trop ému pour demeurer seul en de telles circonstances. Le superintendant conduisait nerveusement la vieille Bentley qu'il avait achetée pour un prix modique à un revendeur quelque peu douteux.

– S'agit-il de l'église sise dans Allen Street? demanda Higgins.

– C'est bien cela... quelle horreur... Un homme brûlé vif!

– Devant l'église?

– Non, au sommet du plus haut pignon. Une nuit aussi sinistre, un drame devait se produire...

Il régnait dans les rues de Londres un impressionnant désordre qui rappela à Higgins certaines scènes du blitz de 1941. Palissades emportées, poubelles renversées, débris de cheminées et branches arrachées jonchant la chaussée, chiens hurlant à la mort, citadins nettoyant les trottoirs à la lueur des lampes de poche... Et le vent violent continuait à souffler en rafales. Affolés, mais affichant un self-control tout britannique, les gens s'apostrophaient en invoquant des souvenirs lointains. Obligé de rouler lentement, Marlow ne pénétra dans le quartier de Kensington qu'à minuit et demi. Un attroupement s'était formé devant l'église copte d'Allen Street. Des bobbies avaient constitué un cordon de police, écartant à grand-peine les curieux. Les regards de Higgins et de Scott Marlow se portèrent vers le plus haut pignon de l'édifice où finissait de brûler le corps d'un homme, la tête en bas, attaché à la pierre par une chaîne. Par instants, d'affreuses odeurs de chair calcinée empuantissaient l'atmosphère.

Scott Marlow se dirigea vers un policier en uniforme.

– Pourquoi n'avez-vous pas interrompu ce... cette chose?

– Impossible, Sir. Le vent souffle trop fort. Un de nos hommes a failli tomber en grimpant là-haut. Il est persuadé que le corps a été arrosé d'essence. Nous avons appelé les pompiers, mais ils ont tant à faire cette nuit... J'espère que ce malheureux était mort avant de brûler.

– Nous verrons, nous verrons... Y avait-il des gens, dans l'église?

– Quelques personnes, en effet. Nous leur avons demandé d'attendre votre venue.

– Qui vous a alertés?

– Un coup de téléphone anonyme. Quand nous sommes arrivés, il n'y avait plus aucune chance de sauver la victime. D'après les déclarations des premiers badauds qui ont aperçu son visage dans les flammes, c'était un homme barbu. Mais, il faudra vérifier tout cela...

– J'y songerai, dit Scott Marlow, irrité.

Higgins contemplait la façade colorée de l'ancien temple presbytérien transformé en église Saint-Marc. Pendant son adolescence, l'ex-inspecteur-chef avait beaucoup voyagé. Au Caire, il avait rencontré de nombreux coptes. Ces chrétiens d'Egypte occupaient des postes importants au gouvernement et dans la haute administration. Higgins n'avait guère entendu parler de leur présence à Londres. Jusqu'alors, ils n'avaient pas manifesté de goût pour une expansion de leurs croyances hors de leur terre d'origine.

Un petit homme barbu, aux yeux noirs, se tenait sur le seuil de l'église.

– Quel horrible malheur, répétait-il sur un ton monocorde, comme s'il prononçait une incantation.

Higgins s'adressa à lui avec douceur.

– Vous aurez l'appui moral de Scotland Yard dans cette épreuve, déclara-t-il. Pourrais-je connaître votre identité?

– Je m'appelle Macaire.

– Etes-vous le gardien de cette église?

– Non... je suis un simple apothicaire. Mon modeste magasin se trouve dans Coptic Street. Ici, j'effectue les petites tâches. On a toujours besoin de nettoyer ou de ranger quelque chose.

– Connaîtriez-vous l'identité de la victime, monsieur Macaire?

Le petit homme se signa, nerveux.

– Si c'est vrai, ce serait affreux... trop affreux... Quel horrible malheur!

Scott Marlow, quelque peu agacé par ces atermoiements, intervint avec brusquerie.

– Vous disposez donc d'une information. De quoi s'agit-il, monsieur Macaire?

Le petit homme recula, effrayé.

– C'est... c'est Cyrille Maskun.

– Qui est ce monsieur? demanda Higgins.

– Le prêtre chargé de veiller sur notre église...

Il est monté jusqu'au pignon... Il a vu le corps qui brûlait. Il est persuadé qu'il s'agit de l'Apa Shenouda.

Le superintendant jugea le nom des plus bizarres.

– C'est votre supérieur?

Macaire ouvrit des yeux où l'étonnement se mêlait au reproche.

– L'Apa Shenouda est notre maître spirituel. Je lui servais occasionnellement de secrétaire. Il est... il était...

Le petit homme barbu se prit la tête entre les mains. Il semblait anéanti par l'événement.

– Venait-il d'Egypte? interrogea Higgins avec le ton d'un confesseur prêtant assistance à un pénitent.

– Bien sûr, répondit Macaire. D'Alexandrie. Il était mandaté par notre patriarche en personne pour implanter la religion copte en Angleterre. Un homme merveilleux, un mystique d'une envergure exceptionnelle... Lui seul aurait pu réussir cette tâche surhumaine. Et cette mort atroce... Pourquoi? Mais pourquoi?

– Le Yard répondra à cette question, affirma le superintendant. Nous devons entrer dans votre église et interroger les autres témoins.

– C'est impossible.

Le ton de Macaire était devenu ferme, presque cassant.

– Pourquoi donc?

– Notre église est un territoire sacré. Aucun profane n'a le droit d'y pénétrer.

– Je le comprends fort bien, estima Higgins, mais admettez que les circonstances sont exceptionnelles. Il y a eu mort d'homme. Il nous faut savoir de qui il s'agit. Dans votre intérêt comme dans le nôtre, nous devons découvrir ce qui s'est passé.

Macaire réfléchit longuement.

– Vous avez raison... Mais n'élevez pas la voix dans notre église. Dieu a horreur des gens bruyants. Il n'aime que les silencieux... Suivez-moi.

Le petit homme barbu ouvrit une lourde porte de chêne, ne ménageant qu'une étroite ouverture. Higgins passa sans difficulté, mais Scott Marlow, en raison de son embonpoint, éprouva quelque peine à franchir ce sas.

De l'autre côté, un étrange univers s'offrit à la vue des policiers. Du plafond pendaient une dizaine de grands lustres en cristal. Tous les murs étaient percés de vitraux aux couleurs flamboyantes vantant les mérites des ermites coptes affrontant les démons dans les solitudes désertiques. De nombreuses icônes d'un prix inestimable ornaient des autels portatifs. La lumière était fournie par d'innombrables lampes à huile brûlant devant des reliquaires en or massif.

Une formidable impression de luxe se dégageait de cet amoncellement de richesses.

A la moitié de l'église, trois marches conduisaient à une porte fermée d'un rideau, placée au centre d'un mur de séparation, l'iconostase. Derrière lui se déroulaient les mystères du culte, uniquement accessibles au célébrant. Des figures de saints coptes décoraient cette cloison sacrée d'où dépassait un dôme dans lequel était plantée une croix.

Sur le parquet, des tapis rouge sombre en pure laine qui étouffaient le bruit des pas.

– Restez ici et priez devant l'icône de l'archange Michel, recommanda Macaire. Je vais chercher Cyrille Maskun.

Higgins était impressionné par la profonde quiétude qui se dégageait du lieu. Les affaires humaines n'y pénétraient pas. Comment imaginer qu'au-dehors le corps d'un homme avait brûlé dans une nuit de tempête? Comment croire que des événements dramatiques pouvaient se produire alors que régnait ici une si parfaite sérénité? D'une chapelle annexe sortit un homme vêtu d'une longue robe aussi noire que son abondante moustache. Grand, maigre, les yeux marron, il avait un regard enflammé par une énergie intérieure qu'il contrôlait avec peine.

– Vous vouliez me voir? demanda-t-il, agressif. J'étais en prière. Nul ne doit déranger l'homme en prière.

– Sauf s'il a été témoin d'un meurtre, rectifia Higgins.

– Qu'est-ce que ça signifie?

– D'après M. Macaire, vous êtes monté jusqu'au pignon. Sans doute existe-t-il un escalier intérieur?

– Je suis allé voir, en effet... C'était horrible.

Cyrille Maskun avait baissé les yeux.

– Qui vous a prévenu? questionna Higgins.

– Ma chambre est juste sous les toits, près du pignon. Je lisais la légende d'un martyr quand j'ai entendu des cris. En me penchant à la fenêtre, j'ai vu une lueur bizarre et j'ai senti des odeurs épouvantables. Il m'a semblé apercevoir un corps, la tête en bas... J'ai cru que je perdais la raison. Je suis monté sur le toit par un soupirail. Le spectacle était insoutenable. Le vent était d'une violence incroyable et attisait les flammes. Je ne pouvais rien faire. Je suis descendu dans l'église et j'ai prié. C'était la seule conduite à suivre.

– Avez-vous identifié l'homme qui brûlait? interrogea le superintendant.

– Un instant, j'ai cru qu'il s'agissait de l'Apa Shenouda... Mais c'est impossible. Qui aurait pu porter la main sur notre maître?

A demi caché derrière une colonne de marbre, Macaire observait Cyrille Maskun d'un œil aigu, comme s'il cherchait quelque défaut dans ses explications.

– Qui d'autre se trouvait ici, ce soir? demanda Higgins.

– Notre évêque londonien, Mgr Makarius, indiqua Cyrille Maskun.

– Habite-t-il dans l'église?

– Bien entendu. Un logement de fonction.

– Egalement sous les toits?

– En effet.

– A-t-il assisté au drame?

– Je l'ignore, répondit Cyrille Maskun, agressif. Je ne me suis pas permis de le lui demander. Déranger Son Eminence m'aurait valu un blâme.

– Je cours le risque, annonça Higgins. Voudriez-vous prévenir Son Eminence que Scotland Yard aimerait l'interroger?

Les yeux emplis de fureur, Cyrille Maskun tourna les talons. Scott Marlow, impressionné par la solennité de l'endroit, ne cessait d'admirer les lustres et les icônes. Il avait rarement vu autant de dorures anciennes. Les coptes de Londres ne sombraient pas dans la pauvreté.

Higgins ayant sorti un carnet noir et un crayon Staedtler Tradition B à la pointe finement taillée, le superintendant considéra son collègue avec surprise.

– Seriez-vous décidé à m'aider dans cette affaire? interrogea-t-il, plein d'espoir.

– Je prends simplement quelques notes, indiqua Higgins. Les premiers moments d'une enquête sont souvent décisifs. Si l'on perd ces indications-là, on risque de ne jamais trouver le sentier vers la vérité. Mais n'oubliez pas que je suis à la retraite et que je compte regagner rapidement mon cottage.

– Je n'ai aucun moyen de vous en empêcher, reconnut Scott Marlow, mais votre aide me serait précieuse... J'ai l'impression que nous ne serons pas trop de deux.

Higgins se contenta de marmonner une réponse incompréhensible. Il avait horreur d'être pris par les sentiments. Bien décidé à quitter Londres et ses miasmes au plus tôt, il se résolut néanmoins à poser les premiers jalons de l'enquête.

– Monsieur Macaire... Voudriez-vous nous donner la liste complète des personnes présentes ce soir dans cette église?

Le petit homme gratta sa barbe noire.

– A part Mgr Makarius, Cyrille Maskun et moi-même, il y avait aussi ma fille, Marie.

– Quel âge a-t-elle?

– Dix-neuf ans. Elle travaille avec moi, à la boutique.

– Voilà une jeune personne très croyante, observa l'ex-inspecteur-chef.

– Si l'on veut...

– Que voulez-vous dire?

La tristesse voila le regard de Macaire.

– Notre jeunesse s'éloigne trop souvent de Dieu... Notre rôle est de la ramener vers lui.

L'arrivée des pompiers interrompit l'interrogatoire. Leur chef pria les policiers de l'excuser pour son retard. Progresser dans les rues de la capitale devenait un véritable exploit. Des centaines d'appel étaient adressés aux soldats du feu qui, en cette nuit agitée, avaient surtout à lutter contre les dégâts causés par le vent et par l'eau. Plusieurs personnes avaient été blessées par des chutes de cheminées. De nombreuses journées de travail seraient nécessaires pour tout remettre en état. Le vent avait été mesuré à une vitesse de cent trente kilomètres/heure.

– Nous avons une tâche peu agréable à vous confier, dit Higgins. Un cadavre qui achève de se consumer et qu'il faudrait décrocher du pignon. Nos hommes n'ont pas réussi.

Le chef des pompiers acquiesça. Il avait assisté à tant de drames, au cours de sa carrière, que ce travail ne l'impressionnait guère.

La voiture des pompiers s'était immobilisée devant l'église, dans une large flaque d'eau. Deux d'entre eux déployèrent une lance, les autres dressent la grande échelle. Ils arrosèrent le cadavre, éteignant avec peine les dernières flammes, sans cesse attisées par des rafales glaciales.

Enfin, ils accédèrent au pignon et en détachèrent la misérable dépouille qui lui était enchaînée. Ils déposèrent dans un linge blanc les restes calcinés du supplicié. Un jeune pompier, qui n'avait jamais assisté à un aussi horrible spectacle, se plia en deux et vomit.

Sur les indications de Macaire, le linceul fut déposé dans l'église Saint-Marc, dans la sacristie où avait prié Cyrille Maskun.

– Ce n'est pas beau à voir, prévint le chef des

pompiers. Identification impossible, à mon avis. Désirez-vous quand même regarder...

– Il le faut bien, estima Higgins, songeant à la beauté de sa roseraie pour se donner du courage.

– Vous me ferez un rapport, pria Scott Marlow. Il n'est pas nécessaire d'être trop nombreux.

⁂

Higgins réconforta Scott Marlow qui lui semblait presque déprimé. Le superintendant n'avait guère coutume de fréquenter les lieux de culte, même s'il demeurait un chaud partisan de la morale victorienne qui avait fait la grandeur de l'Angleterre.

– Résultats? demanda Scott Marlow, un peu honteux de sa conduite.

– Le corps a presque complètement brûlé, indiqua Higgins. Il avait été arrosé d'essence. Deux objets ont échappé à la destruction : une croix copte avec une inscription et une bague sur laquelle il y a une sorte d'oiseau. Nous devrions les montrer aux autorités compétentes. Elles nous fourniront sans doute des explications.

– Je fais envoyer la dépouille au laboratoire central, annonça Scott Marlow. L'étude de la dentition pourrait être révélatrice.

– Excellente idée, mon cher Marlow. Une fois l'identité de la victime établie, l'affaire sera peut-être terminée.

Le superintendant fronça les sourcils.

– Penseriez-vous... à un suicide?

– Pourquoi pas? En Orient, mourir par le feu est une purification.

– Mais nous sommes à Londres ! Et même dans l'un de ses quartiers les plus bourgeois, Kensington !

– Oui et non, superintendant. Le drame s'est produit dans une église copte. Un territoire d'Orient, avec des coutumes et un mode de vie spécifiques. Ne l'oublions pas une seule seconde.

Le regard de Scott Marlow devint fixe. Il scrutait un point précis de l'église.

Higgins tourna la tête. A son tour, il contempla un étrange personnage, vêtu d'une longue robe blanche serrée à la taille par un chapelet à gros grains. La tête couverte d'une coiffe carrée de couleur noire, la peau très ridée, le menton orné d'une longue barbe grisonnante. Totalement immobile, il dévisageait les deux policiers à travers les verres épais de ses lunettes aux montures d'écaille.

CHAPITRE 3

– Monseigneur Makarius, je présume? dit Higgins.

– Lui-même, répondit une voix un peu éraillée. Heureux de vous accueillir en ce lieu sacré, messieurs. De quelle manière puis-je vous aider?

Scott Marlow éprouvait des sensations désagréables. L'évêque copte lui fut d'emblée très antipathique. L'homme était onctueux, dissimulé. Il parlait avec une lenteur excessive, comme s'il avait des mensonges à distiller avec art.

L'apothicaire Macaire avait disparu. Avec la présence de Mgr Makarius, l'atmosphère de l'église avait changé. Elle était moins intime, plus inquiétante. L'évêque était un homme âgé, doté d'une remarquable vigueur. Sa corpulence, relativement forte, ne laissait que peu de place à la graisse. Sa forte charpente supportait une impressionnante masse musculaire.

– Il s'est produit un tragique événement, rappela Higgins.

– Cyrille Maskun vient de m'en parler.

– Vous ne vous étiez donc aperçu de rien...

– Je priais, mon fils. Mon esprit était fermé à

toute influence extérieure. Sur votre ordre, mon disciple Cyrille a interrompu ma méditation.

– Que vous a-t-il dit, Monseigneur?

– Que quelqu'un était mort brûlé sur le toit de notre église... J'avoue ne pas l'avoir cru. Il a insisté en ajoutant que Scotland Yard souhaitait me consulter. C'est pour cela que je suis à votre disposition.

– Pourquoi cette robe blanche? s'étonna Higgins.

– Le blanc est la couleur du passage de la vie à la mort et de la mort à la vie, répondit l'évêque copte. Je porte ce *qoftân* en signe de deuil. Dans ma fonction sacrée, j'aide l'âme du défunt à passer de l'apparent à l'invisible.

Scott Marlow éprouvait la plus profonde aversion pour le mysticisme. Son Dieu était celui de la reine Victoria et de l'Empire britannique, pas un phénomène fumeux provoquant l'extase ou la lévitation. Aussi se sentait-il de plus en plus mal à l'aise dans ce lieu clos, saturé d'encens, face à ce personnage dont toutes les attitudes semblaient calculées.

– Encore faudrait-il préciser l'identité de ce défunt, estima Higgins. Avez-vous une idée, Votre Eminence?

– Comment cela serait-il possible? J'étais en méditation.

– Cyrille Maskun n'a-t-il pas émis une hypothèse?

– Pas à ma connaissance.

– Deux objets ont été recueillis sur les restes calcinés du cadavre. Ils ne doivent pas vous être inconnus. Les pompiers les ont déposés sur une plaque de métal, à l'entrée de l'église. Pourriez-vous les identifier?

– Je suis à votre disposition.

Le prélat s'avança lentement, comme s'il éprouvait des difficultés à marcher. Higgins le précéda et Scott Marlow le suivit. En le regardant passer, le superintendant nota, malgré la lumière incertaine, que Mgr Makarius devait être âgé d'au moins soixante-dix ans.

L'évêque copte examina avec attention la bague et la croix. Ses rides se creusèrent davantage :

– Ces objets sacrés appartenaient à l'Apa Shenouda, notre maître à tous, déclara-t-il d'une voix émue. C'est son nom qui se trouve sur la croix.

– C'est bien ce qui me semblait, déclara Higgins.

Etonné, Mgr Makarius tourna la tête vers l'ex-inspecteur-chef.

– Liriez-vous les caractères coptes?

– Quelques vieux souvenirs, en effet... j'ai eu le bonheur de séjourner à Alexandrie, voilà bien longtemps. S'intéresser à cette belle langue m'était apparu comme un devoir impérieux.

– Vous connaissez donc nos rites...

– Trop peu, Votre Eminence, bien trop peu et je le regrette. Si je ne m'abuse, Apa Shenouda était le nom d'un grand saint copte vivant au Vᵉ siècle... Il avait combattu et vaincu quantité de démons dans le désert d'Egypte.

– C'est bien exact, inspecteur... Nous autres coptes croyons à la réincarnation. Apa Shenouda revit dans chacun de nos maîtres spirituels.

– Votre identification est-elle formelle? interrogea Scott Marlow.

– Formelle, affirma l'évêque copte avec gravité. Lui seul pouvait porter cette croix magique. Elle aurait tué quiconque aurait tenté de se l'approprier. Elle possède des propriétés thérapeutiques et assure l'indispendable union entre l'esprit et la matière. Grâce à elle, l'Apa Shenouda écartait les démons et attirait les influences divines sur les fidèles.

– Nous n'en doutons pas un instant, dit Higgins. Pourriez-vous nous décrire l'Apa Shenouda qui vient de mourir?

– C'était un homme plutôt grand, à la chevelure et à la barbe très abondantes.

– Avait-il une caractéristique physique remarquable?

– Non... je ne crois pas.

– Pourquoi était-il venu à Londres?

L'évêque regarda autour de lui, comme s'il redoutait la présence d'oreilles inamicales.

– Nous devrions parler de tout cela dans mon bureau, inspecteur.

***

Mgr Makarius occupait une agréable suite sous les toits de l'église. Les murs étaient couverts de tentures décorées de figures de saints brandissant la croix. Deux canapés très britanniques ajoutaient une note de confort douillet à la pièce plutôt austère où trônait une bibliothèque remplie de textes religieux écrits en copte.

– Puis-je vous offrir une tisane d'eucalyptus, messieurs?

– Avec plaisir, répondit Higgins qui regarda par la fenêtre et constata que l'évêque ne pouvait de là apercevoir le pignon auquel était attaché le cadavre.

Scott Marlow n'apprécia que modérément le breuvage tiède au goût puissant. Mgr Makarius, dont les gestes étaient très lents, refusait de se presser comme s'il avait l'éternité devant lui. Higgins, qui ostensiblement avait pris des notes sur son carnet noir, attendit sans impatience les déclarations du prélat.

Mgr Makarius but sa tisane avec lenteur. Il caressa quelques grains de son chapelet.

– Nous sommes dans une situation extrêmement délicate, dit-il enfin, choisissant ses mots avec précaution. L'Apa Shenouda était une grande figure de la religion copte. Sans lui, nous sommes tous un peu orphelins... Par bonheur, il est présent au paradis, dans la paix du Seigneur. Puisse-t-il continuer à nous guider du haut des cieux.

– Nous le souhaitons tous, approuva Higgins. Permettez-moi d'insister : pourquoi l'Apa Shenouda avait-il quitté le soleil d'Alexandrie pour les brumes de Londres?

Mgr Makarius prit un nouveau temps de réflexion.

– Si je vous explique que la présence de l'Apa Shenouda était un secret de notre Eglise, cela vous suffira-t-il?

– Je crains que non, jugea Higgins avec le plus grand calme. Il nous faut éclaircir le mystère de cette mort tragique.

– Je le redoutais, avoua Mgr Makarius. La situation est vraiment très délicate... Puis-je vous demander de ne pas divulguer mes révélations?

– Pour le moment, certes, répondit l'ex-inspecteur-chef. Mais s'il s'avérait que la mort de l'Apa Shenouda était un crime...

Le mot parut effrayer Mgr Makarius dont les lèvres se rétractèrent.

– Un crime, inspecteur, un crime... Comment pourrait-on imaginer...

– Imaginez-vous un homme de Dieu comme l'Apa Shenouda s'asperger d'essence, se lier à un pignon par une chaîne et s'immoler par le feu?

L'évêque prit beaucoup de temps avant de répondre.

– Si l'Apa Shenouda a effectivement agi ainsi, il devait avoir ses raisons... Mais cela me paraît tout à fait impossible.

– Expliquez-vous.

Le regard de Higgins se fit perçant. L'évêque copte sentit qu'il ne pouvait plus se dérober.

– L'Apa Shenouda avait été envoyé en Angleterre pour y implanter notre religion. Lors de notre dernier synode, à Alexandrie, les anciens ont estimé que notre foi donnerait à ce monde une lumière dont il avait le plus grand besoin. L'Angleterre est une petite île, mais sa langue a conquis la terre entière. Si le mouvement copte part d'ici, il gagnera vite de nombreux pays.

Scott Marlow, qui avait abandonné sa tasse de tisane, ressentit un certain effroi. Les coptes n'étaient-ils pas l'une de ces sectes maléfiques qui tentaient de corrompre les esprits?

– Aviez-vous entrepris une démarche officielle? demanda-t-il.

– Bien sûr, répondit l'évêque. Nous sommes intervenus auprès de la Couronne dont l'accueil a été excellent. Nous fûmes orientés vers l'archevêque de Canterbury avec lequel j'ai entamé les négociations. Tout semblait s'annoncer au mieux.

– Semblait? releva le superintendant. Que s'est-il passé?

– Il y a quinze jours, j'ai participé à une réunion fort importante à laquelle étaient conviés l'Apa Shenouda et les deux représentants officiels de l'Eglise anglicane, les révérends Dickens et Westermore. L'Apa Shenouda était assisté de Cyrille Maskun et de Macaire, qui remplissait la fonction de secrétaire. Cet... entretien s'est fort mal passé. Il a même débouché sur une rupture.

– Définitive?

– Rien n'est jamais définitif en ce bas monde, inspecteur. Mais les échanges de vue s'étaient révélés bien improductifs. L'Eglise anglicane se montrait particulièrement intransigeante. Pourtant, l'Apa Shenouda était venu avec sept jarres contenant de l'eau bénite et des plantes, ainsi qu'une parcelle de l'arbre de vie sous lequel la Sainte Famille avait séjourné en Egypte. Il avait également fait l'offrande de sept cierges, réunissant ainsi les conditions du succès. Mais les anglicans posaient trop d'exigences. Il était hors de question de les accepter. L'Apa Shenouda a eu parfaitement raison de ne pas céder. L'intolérance est condamnable. Je crois que les Anglicans ont eu peur de ce que représentait notre foi.

On frappa à la porte du bureau.

Scott Marlow alla ouvrir, découvrant un bobby.

– On vous demande au téléphone dans la voiture, superintendant. Urgent et personnel.

Higgins demeura seul avec Mgr Makarius. Ce dernier paraissait tout à fait serein, comme si aucun événement particulier n'était venu troubler les travaux et les jours de la communauté copte de Londres.

– Dois-je comprendre, Votre Eminence, que vous accusez les anglicans d'avoir organisé un meurtre?

Indigné, le vieux prélat se signa.

– Bien sûr que non, inspecteur! Comment

pourrais-je supposer que des croyants eussent conçu une telle abomination?

– L'Histoire est remplie de crimes atroces accomplis par des croyants, rappela Higgins.

– Il est vrai, admit Mgr Makarius. Mais nous, les coptes, sommes des gens pacifiques.

– Vous avez tout de même assassiné quelques dizaines de prêtres égyptiens et malmené leurs épouses et leurs enfants, si je ne m'abuse.

– Ces regrettables incidents se sont produits en des temps si anciens que plus personne ne s'en souvient. Aujourd'hui, nous incarnons la toute-puissance de la foi et des rites face à des croyances usées, prêtes à tout pour défendre leurs intérêts. Votre rôle est d'établir la vérité, quelle qu'elle soit, inspecteur. Sinon...

– Sinon?

– Je crains des troubles graves. Vous ferez difficilement croire à notre communauté que l'Apa Shenouda s'est suicidé au moment où il luttait pour faire reconnaître la grandeur de notre religion.

*
**

Les restes de la dépouille de l'Apa Shenouda étaient partis pour le laboratoire central de Scotland Yard. Les pompiers avaient laissé monter sur la grande échelle les hommes de l'Identité judiciaire qui avaient photographié le pignon sous tous les angles. Mgr Makarius avait fermement refusé de les laisser opérer dans l'église. Scott Marlow qui, d'ordinaire, voyait rouge lorsqu'on s'opposait à la bonne marche d'une enquête, n'insista pas. Il demanda à Higgins de venir prendre place à ses côtés dans la Bentley.

Le vent tombait. La pluie s'arrêtait. D'énormes nuages couraient dans le ciel. De tous côtés résonnaient encore des sirènes.

Le superintendant posa ses mains tremblantes sur le volant. Serrer quelque chose de solide lui fit du bien.

– C'était le patron du Yard au téléphone, révéla-t-il à Higgins. C'est pire que tout ce que nous pouvions supposer...

– Y aurait-il un copte parmi les membres de la famille royale? s'inquiéta l'ex-inspecteur-chef.

– C'est presque ça... La Couronne ne tolérera aucun scandale. La disparition de l'Apa Shenouda est une épouvantable catastrophe. Cet homme était un formidable négociateur, apprécié de tous. Si les coptes se mettent dans l'idée que les anglicans l'ont assassiné, ils sont capables de descendre dans la rue et de provoquer une guerre de religions. Nous devons l'empêcher à tout prix. Si l'on pouvait conclure à un suicide...

– Il est assez peu évident, objecta Higgins. Mgr Makarius n'en a pas complètement écarté l'hypothèse, mais il s'agissait d'un argument purement formel. Pour lui, il semblerait qu'il y ait crime, et crime perpétré par les anglicans.

Scott Marlow fut pris d'une quinte de toux. Voilà précisément ce qu'il redoutait d'entendre.

– A-t-il... des preuves?

– Il ne m'en a pas fourni. La direction du Yard vous a-t-elle parlé de la séance ratée de négociations entre coptes et anglicans, voilà une quinzaine de jours?

– Oui... D'après le révérend Dickens, c'est Mgr Makarius et Cyrille Maskun qui ont fait échouer ces conversations. Cet échec n'avait rien de définitif. Les anglicans étaient persuadés que l'Apa Shenouda avait la ferme volonté d'aboutir et qu'il finirait par imposer sa volonté. Bien sûr, du côté anglais, on n'était pas prêt à accepter n'importe quoi... La Couronne avait beaucoup d'estime pour l'Apa Shenouda. Il semblerait que la reine elle-même l'eût rencontré lors d'un de ses voyages. Vous rendez-vous compte?

Higgins savait que le rêve caché de Scott Marlow était de faire partie de la protection rapprochée de Sa Majesté Elisabeth II, la plus belle femme du monde à ses yeux. Pour y parvenir, il lui fallait conduire une carrière impeccable que n'entacherait aucun scandale. Or celui qui se profilait à l'horizon s'annonçait de belle taille.

– Votre travail ne sera pas facile, mon cher Marlow, jugea Higgins, s'apprêtant à descendre de la Bentley.

– Higgins... Vous n'allez pas m'abandonner!

– Ces sombres histoires ne sont plus de mon ressort, superintendant. Les humains sont vraiment trop compliqués et mon gazon m'attend avec impatience.

– Vous n'avez pas le droit de me laisser entre les mains de ces religieux, implora Scott Marlow. C'est vous qui connaissez leurs mœurs, pas moi! Vous ne voudriez quand même pas que je commette une erreur judiciaire?

– Vous vous sous-estimez, mon cher Marlow. Si vous démontrez qu'il s'agit d'un suicide, le dossier sera vite refermé.

– Vous n'y croyez pas davantage que moi! protesta le superintendant. C'est un crime, et de la pire espèce... Consentez au moins à me donner des indications pour que je ne m'égare pas dans cette jungle de rites et de croyances.

Anxieux, Scott Marlow attendit la réponse de son collègue.

Higgins n'aimait pas être supplié. Depuis de longues années, ni le blâme ni la louange ne l'influençaient. Seuls ses amis membres de la confrérie de Cambridge pouvaient faire appel à lui en toutes occasions et ils n'avaient jamais abusé de cette prérogative. Scott Marlow n'appartenait pas à cette société des plus fermées. Mais il avait l'amour du travail bien fait et le goût de la vérité, ce qui émouvait Higgins autant que la naissance d'une rose ou le ronronnement d'un chat heureux. Les coptes, de plus, faisaient partie de ses souvenirs d'adolescence. Comment oublier les ruelles du vieux Caire, les magiciennes qui l'avaient couvert de chaînes pour le libérer de ses démons, les rayons fauves du soleil couchant qui doraient les façades blanches des vieilles églises tapies au fond de quartiers silencieux? Higgins avait rencontré un Apa qui travaillait sur la transcription en copte de textes hiéroglyphiques et rectifiait les rituels déformés par le poids des siècles. Le scribe lui avait fait admirer des enluminures datant des premiers siècles de l'ère chrétienne, avait déroulé devant ses yeux émerveillés des papyrus jaunis, couverts de signes étranges. Le jeune Higgins s'était laissé enivrer par des odeurs d'encens, apprenant à déchiffrer les lettres coptes et à prononcer quelques phrases dans cette langue dont les origines remontaient au temps des pharaons.

– J'accepte de rester à Londres un jour ou deux, déclara l'ex-inspecteur-chef. Nullement pour cette enquête qui ne me concerne en rien, mais au nom de notre vieille collaboration.

Un sourire de soulagement illumina le visage du superintendant.

– Je savais que je pouvais compter sur vous, Higgins. Je...

Un petit bruit attira l'attention de Scott Marlow.

Macaire frappait à la vitre de la Bentley. Le superintendant tenta de la baisser, mais elle était coincée. Il ouvrit sa portière.

– Pardon de vous importuner, dit le petit homme barbu. J'aimerais récupérer la croix et la bague de l'Apa Shenouda. Pour nous, ce sont des objets sacrés.

CHAPITRE 4

Higgins descendit de la Bentley.

– Pourquoi êtes-vous si pressé, monsieur Macaire?

Le petit homme barbu se fit humble.

– Ce sont des objets très sacrés... Ils contiennent la mémoire de l'Apa Shenouda. Même si son corps a disparu, sa croix et sa bague demeurent. Nous aimerions prier sur elles plusieurs heures. Ainsi communierions-nous avec l'âme de notre maître disparu. Vous ne nous refuserez pas cette faveur...

Scott Marlow, prié par sa hiérarchie de ne pas faire de vagues, opina du chef. Il ouvrit la boîte à gants où se trouvaient la croix et la bague qu'il avait enveloppées dans un sac en plastique.

– Un instant, intervint Higgins. Il s'agit de pièces à conviction.

– Ces objets ne quitteront pas l'autel de Saint-Michel, je vous le jure.

Higgins dessina avec soin, sur une page de son carnet noir, la croix portant le nom de l'Apa Shenouda et l'oiseau ornant la bague. Puis il laissa Scott Marlow les remettre à Macaire.

– Je n'oublierai pas ce geste, dit-il. J'ai une

confidence à vous faire, inspecteur... Cette nuit, j'ai nettoyé la sacristie. Je n'ai pas l'habitude de faire du bruit. Un peu après la demie de 11 heures, j'ai cru voir passer une ombre.

– Cru voir? Ou bien... voir avec certitude?

– Difficile à dire, inspecteur... Je suis presque certain d'avoir vu cette ombre.

– D'où venait-elle?

– De l'escalier qui mène au toit, à mon avis... Mais ce n'est qu'une hypothèse. Je ne pourrais pas le jurer.

– Pourquoi tant d'hésitations, monsieur Macaire?

– Mes yeux et mes oreilles ne sont plus ceux d'un jeune homme... J'ai pu me tromper. Encore merci, inspecteur. A présent, je dois me consacrer à la prière.

Macaire, d'une démarche saccadée, le dos voûté, rentra dans l'église. Higgins le rattrapa.

– Pardonnez-moi de vous importuner encore, intervint l'ex-inspecteur-chef. J'aimerais que vous me parliez de la dernière réunion où l'Apa Shenouda a rencontré les anglicans. Vous y remplissiez la fonction de secrétaire particulier, n'est-ce pas?

– C'est exact.

– Ce fut un échec, d'après ce que je crois savoir.

Macaire dodelina de la tête.

– Echec est peut-être un terme excessif, inspecteur. Disons que la discussion fut très animée. L'Apa Shenouda a tenté en vain de concilier les points de vue. Ce n'était que partie remise. Je suis certain qu'il aurait fini par réussir à faire reconnaître notre Eglise.

– Quelqu'un de votre confession s'est-il opposé à lui? interrogea Higgins.

– Vous savez ça aussi... Oui, Mgr Makarius a eu tort, à mon avis, d'étaler quelques dissensions internes que les anglicans ont mises à profit. Mais j'ai tort de parler ainsi et je le regrette... Ce n'est pas à moi de juger l'action de nos évêques. De toute manière, ce n'est qu'une étape... Notre foi est juste. Elle changera le cœur des incroyants.

– Votre fille Marie est-elle encore ici?

– Non, inspecteur. Elle est rentrée chez nous. C'est une enfant au caractère fragile. Je n'ai pas voulu qu'elle fût impressionnée par tout le spectacle donné autour de la mort. Souhaitez-vous la voir?

– Plus tard... Où puis-je trouver Cyrille Maskun?

– Tel que je le connais, il passera la nuit en méditation dans sa sacristie. Inspecteur...

Higgins sentit que le vieil homme était sur le point de lui accorder une nouvelle confidence.

– Inspecteur, promettez-moi d'identifier l'assassin et de le faire condamner à la plus lourde des peines.

– Je vous le promets, monsieur Macaire.

– Je compte sur vous... Vous avez toute ma confiance. Toute ma confiance.

Les yeux noirs du petit homme brillaient d'une émotion mal contenue.

***

Cyrille Maskun, à genoux sur un papyrus déroulé, adressait ses prières à une icône représentant la Vierge Marie.

Higgins toussota pour signaler sa présence.

L'ex-inspecteur-chef était venu seul, demandant à Scott Marlow de demeurer sur le seuil de l'église et de n'en laisser sortir personne.

Cyrille Maskun ne se retourna pas.

– Pourriez-vous respecter ma douleur et me laisser en paix, inspecteur?

– Telle est bien mon intention, indiqua Higgins, dès que j'aurai éclairci quelques détails grâce à vous.

Le jeune mystique se releva.

– Tant que je n'aurai pas répondu à vos questions, déclara-t-il, d'une voix irritée, vous ne quitterez pas cet endroit. Finissons-en au plus vite. Que voulez-vous savoir?

La sacristie était un véritable musée de l'icône. Plus d'une cinquantaine de petits chefs-d'œuvre étaient rassemblés là, certains d'inspiration naïve. Une forte odeur d'encens régnait dans la petite pièce où étaient soigneusement rangés les vêtements ecclésiastiques.

Higgins se pencha sur le papyrus déroulé.

– Je reconnais certains mots, dit-il. « Seigneur »... « la croix »...

Cyrille Maskun considéra l'ex-inspecteur-chef avec une surprise mêlée d'admiration.

– Vous lisez le copte?

– Quelques mots... Que signifie le texte sur lequel vous étiez agenouillé?

– C'est un papyrus magique. « Fais les signes et montre-les-nous, Seigneur! demanda-t-il. Montre-nous l'endroit où repose la croix du Christ et ordonne que la fumée se lève. » Je l'ai choisi pour anéantir le démon du feu. L'heure de la mort de l'Apa Shenouda n'était pas due au hasard.

– Que voulez-vous dire, monsieur Maskun?

– Le dimanche, à minuit, c'est l'heure qui

convient à faire le mal. L'assassin l'a choisie pour être assuré de réussir son crime.

– Pourquoi êtes-vous si sûr qu'il s'agit d'un crime?

– J'ai communiqué avec les *Rûhanî*, les esprits supérieurs qui ne peuvent être convoqués que pour faire le bien. Ils m'ont appris à commander aux démons et aux anges. Ils m'ont révélé que l'Apa Shenouda avait été victime d'un meurtre. Impossible de douter de cette vision. Elle s'est imposée à moi avec une telle intensité qu'elle est l'expression absolue de la vérité.

Higgins remarqua que Cyrille Maskun avait une croix tatouée sur l'intérieur du poignet droit. Les yeux marron du jeune mystique étaient enflammés d'une étrange ardeur.

– Si votre vérité est la bonne, analysa l'ex-inspecteur-chef, cela signifierait que l'assassin connaissait parfaitement les rites coptes. Avez-vous envisagé les conséquences?

Cyrille Maskun sourit.

– Seul un copte pourrait être l'assassin... Conclusion erronée, inspecteur. Il y a d'autres familiers de nos rites : les deux révérends anglicans qui étudient notre dossier. Ce sont des spécialistes des religions orientales. Vous devriez vous pencher attentivement sur leur cas.

– Je n'y manquerai pas, assura Higgins.

Un chat de gouttière passa dans les jambes de l'ex-inspecteur-chef et se réfugia derrière un coffre de bois contenant des étoffes consacrées.

– Sale bête! cria Cyrille Maskun. Toujours en train de fureter!

Le mystique s'empara d'une sorte de fouet et traqua le félin. Higgins s'interposa.

– Laissez-le tranquille, ordonna l'ex-inspecteur-chef. Ignorez-vous la fameuse histoire que l'on racontait au Caire? Un homme, nommé Hassan, était en train de manger. Son chat, espiègle, tournait autour de lui. Exaspéré, perdant le contrôle de lui-même, Hassan frappa l'animal sur les pattes. Le chat, vexé et furieux, prit la parole. « Pourquoi me faire du mal? lui reprocha-t-il. Si tu voulais que je parte, tu n'avais qu'à me le demander. » Puis le félin bondit, renversa l'assiette de Hassan et s'enfuit. Son maître voulut le retenir, mais il fut incapable de se lever. Ses pieds étaient à jamais immobiles. Le chat lui avait jeté un sort. Ne touchez jamais à un chat, monsieur Maskun. C'est votre tradition qui vous l'enseigne.

Drapé dans sa dignité, Cyrille Maskun lança un regard presque haineux à son interlocuteur.

– Ce n'est pas à vous de m'apprendre mes propres croyances, inspecteur. Ici, vous êtes en terre copte. Ce que vous pensez connaître, vous l'ignorez. Il faut être copte pour pouvoir dialoguer avec les esprits. Le reste n'est que sornettes pour enfants.

L'encens copte était d'une excellente qualité : le nez de Higgins appréciait sa riche senteur, suffisamment fruitée pour enchanter l'âme et assez légère pour ne pas endormir les perceptions.

– D'après mes informations, monsieur Maskun, vous avez récemment participé à une importante réunion avec des représentants de l'Eglise anglicane.

– C'est exact.

Le jeune mystique, bras croisés devant lui, se tenait sur la défensive.

– Quel en était l'objet?

– Faire reconnaître notre mouvement religieux dans toute sa plénitude.

– Les négociations se sont-elles bien passées?

– Oui et non.

– Expliquez-vous, demanda Higgins.

Cyrille Maskun eut un sourire dédaigneux.

– Comme vous devez le savoir, les anglicans sont des gens fourbes, plus soucieux de convenances sociales que de spiritualité. Ils ont peur de nous. Ils souhaitent que nous quittions l'Angleterre au plus vite. Si nous nous implantons ici, la rigueur de notre foi mettra en évidence la faiblesse de la leur.

– Les négociateurs anglicans vous auraient-ils opposé une fin de non-recevoir?

– Telle était bien leur intention... Mais la puissante personnalité de l'Apa Shenouda a déjoué leurs plans. Ils n'ont pu mener que de méprisables manœuvres dilatoires. A terme, notre succès était inévitable.

– Quelle fut l'attitude de Mgr Makarius?

– Digne et intransigeante, comme il se devait. C'est grâce à lui que cette réunion avait été organisée. Il était le soutien ferme et fidèle de l'Apa Shenouda.

– Et la vôtre, monsieur Maskun?

– En quoi vous intéresse-t-elle? se rebella le jeune mystique.

Higgins admirait une icône où l'on voyait d'un côté les élus dans des champs paradisiaques et de l'autre des damnés rôtissant dans les flammes de l'enfer.

– Vous êtes un personnage influent de cette communauté, monsieur Maskun. Si l'Apa Shenouda avait tenu à ce que vous soyez présent lors de cette réunion capitale, c'est parce que vous aviez un rôle déterminant à y jouer. Quel était-il?

– Le soutenir de toutes mes forces et de celles des esprits avec lesquels je communique.

Cyrille Maskun avait prononcé ces derniers mots avec fièvre.

Higgins les nota avec soin sur son carnet noir.

– Pourquoi écrivez-vous tout cela? interrogea le jeune copte.

– Je me défie de ma mémoire, répondit Higgins, bonhomme. C'est la faculté la plus traîtresse qui soit. Pourriez-vous me conduire sur le toit en empruntant l'itinéraire que vous avez parcouru pour atteindre le pignon?

– Tout de suite?

– Le vent est tombé. Nous ne risquons plus rien.

– Comme vous voudrez.

Cyrille Maskun écarta une tenture, au fond de la sacristie, dégageant une petite porte très basse au sommet arrondi. Higgins, à sa suite, dut se baisser pour la franchir et s'engager dans un escalier en colimaçon aux marches étroites. A mi-parcours, son genou droit commença à le faire souffrir. Le climat londonien était désastreux et réveillait son arthrite. Avec l'indispensable courage d'un représentant du Yard, fût-il retraité, Higgins continua à grimper.

Il remarqua l'excellente forme physique du jeune copte qui n'était nullement essoufflé en parvenant au sommet de l'escalier. Il poussa un trapon dans lequel avait été ménagée une petite fenêtre et déboucha sur le toit, puis tendit la main à Higgins pour lui permettre de le rejoindre.

Bien que l'ex-inspecteur-chef n'appréciât guère

les grandes villes, rendues invivables par la pollution et par le bruit, il dut convenir en lui-même que le spectacle de ces mille lumières, noyant la laideur et composant un immense corps presque irréel où les masses des monuments formaient des îlots de ténèbres, avait un aspect grandiose.

La pluie tombait à nouveau. Les nuages étaient si épais qu'on ne distinguait aucune étoile.

Devant les deux hommes, marqué de traces noirâtres, le pignon auquel avait été attaché le corps de l'Apa Shenouda.

– Etes-vous venu jusqu'ici, monsieur Maskun?

– Non, inspecteur. Je me suis contenté de soulever le trapon. Les flammes m'ont presque léché le visage. Je ne pouvais monter sur le toit sans être brûlé.

– C'est bien de la fenêtre de votre chambre que vous avez aperçu un corps livré au feu?

– En effet.

– Eh bien, allons-y.

– Est-ce vraiment nécessaire?

– Je le crois, monsieur Maskun.

– Ma chambre est une propriété privée. Vous n'avez pas le droit de violer mon intimité. Vous devez avoir un mandat de perquisition.

– C'est tout à fait exact, reconnut Higgins. Je vais donc appeler le superintendant Marlow pour qu'il fasse une demande réglementaire et nous resterons à vos côtés jusqu'à ce que les papiers nécessaires nous parviennent. Si vous avez quelque chose à cacher, vous n'aurez gagné qu'un peu de temps.

La fureur emplit à nouveau le regard du jeune mystique.

– Je n'ai rien à cacher. Allons-y, puisque vous l'exigez.

Comme Higgins l'avait supposé, se souvenant de ses explorations dans les églises coptes et les temples presbytériens du Caire, le sanctuaire londonien était truffé de passages dérobés et de couloirs dissimulés. Sur un palier à peine marqué, des pierres peintes en trompe l'œil étaient, en réalité, la porte de la modeste chambre de Cyrille Maskun qui donnait donc directement sur l'escalier menant au toit.

Il s'agissait d'une véritable cellule de moine. Un lit au sommier métallique, un lavabo, une petite table et une chaise en bois blanc. L'œil exercé de Higgins nota un détail des plus insolites. Sur le bureau, une revue, imprimée sur du mauvais papier et consacrée à des photographies de dames plutôt dévêtues dans des poses que la morale avait une nette tendance à réprouver. Cyrille Maskun s'en empara avec promptitude et la fit disparaître dans le tiroir du bureau.

– Ce n'est pas du tout ce que vous supposez, inspecteur... Mon rôle m'impose de connaître tous les vices britanniques afin de mieux les combattre et de repousser les démons et les diablesses loin de ce lieu sacré.

– C'est exactement ce que je pensais, déclara Higgins, qui ouvrit l'étroite fenêtre de la chambre et se pencha au-dehors.

Il voyait bien le pignon.

Après avoir refermé la fenêtre, l'ex-inspecteur-chef prit quelques notes.

– Pourquoi n'avez-vous pas averti la police, monsieur Maskun?

– Il y avait plus urgent à faire, inspecteur : avertir Dieu. J'ai eu la certitude, malgré les flammes aveuglantes, que c'était bien notre vénéré Apa Shenouda qui brûlait. J'ai reconnu sa longue barbe noire... Il était mort, j'en suis sûr. Je suis descendu dans la sacristie, j'ai déroulé le papyrus magique et j'ai commencé mes incantations. Je n'avais pas une minute à perdre. Le Passeur attendait déjà l'âme de l'Apa Shenouda de l'autre côté du fleuve de la mort. Grâce aux formules sacrées, la traversée se sera déroulée sans encombres.

– C'est un point de vue, admit Higgins. Il y a un détail qui m'étonne.

– Lequel, inspecteur?

– Personne, semble-t-il, n'a vu l'Apa Shenouda monter sur le toit.

– Rien d'extraordinaire, estima Cyrille Maskun. Mgr Makarius et moi-même étions en prière. Macaire était occupé à nettoyer l'église.

– Et Marie, la fille de Macaire, à quel endroit se trouvait-elle?

Cyrille Maskun baissa les yeux.

– Je l'ignore.

Higgins s'accroupit et regarda sous le lit, au grand effarement du jeune copte.

– Mais... que faites-vous?

– Vous auriez pu égarer quelque chose. Ce n'est pas le cas.

L'ex-inspecteur-chef se releva avec quelque peine. La crise d'arthrite le guettait.

– Ces événements sont bien étranges, jugea Higgins. Si l'Apa Shenouda s'est suicidé...

– C'est faux! s'insurgea Cyrille Maskun. Jamais il n'aurait attenté à sa propre vie. Il s'agit d'un crime. Et ce sont les anglicans qui l'ont commis.

Higgins s'assit sur le lit et regarda le jeune copte avec sévérité.

– Admettons, monsieur Maskun. En ce cas, un

ou deux hommes se sont introduits dans cette église pour obliger l'Apa Shenouda à monter sur le toit. A moins qu'ils l'aient tué auparavant et qu'ils se soient contentés de transporter son cadavre. Je songe plutôt à deux personnes, puisque Mgr Makarius m'a indiqué que l'Apa Shenouda était grand et fort. Et nul n'aurait rien vu, rien remarqué...

Le jeune mystique mit les mains devant ses yeux.

– Si je parle, vous ne me croirez pas, évidemment... Vous m'accuserez de partialité.

– Ne préjugez pas de mes opinions, monsieur Maskun. Je vous écoute.

Cyrille Maskun hésita.

– Un peu après 11 h 30, j'avais quitté la sacristie pour me rendre dans la bibliothèque. J'avais besoin de vérifier le texte d'une prière dans une bible ancienne. J'ai entendu un bruit sourd. Comme un objet qu'on heurte... Intrigué, j'ai tendu l'oreille. Il n'y a pas eu d'autre incident... J'ai quand même jeté un œil dans l'église. Il m'a semblé voir quelqu'un qui en sortait.

– Impression ou certitude?

– Plutôt une certitude.

– Pourriez-vous me décrire cette personne?

– Ce n'était qu'une silhouette fugace.

– Homme ou femme?

– Impossible à dire. J'aimerais être plus précis, mais je trahirais la vérité.

CHAPITRE 5

Le *Times* faisait sa une avec les conséquences de la tempête historique qui avait frappé Londres. Dix morts, une centaine de blessés, des dégâts qui se chiffraient par milliers de livres sterling. Pas un mot sur la mort tragique de l'Apa Shenouda. Higgins avait refusé un appartement de fonction du Yard que lui proposait Scott Marlow, préférant loger dans un petit hôtel, près du British Museum. Il aurait ainsi l'occasion d'aller revoir quelques chefs-d'œuvre de l'Antiquité qu'il affectionnait. Les deux policiers prirent ensemble leur petit déjeuner. Scott Marlow, du point de vue de Higgins, abusa du bacon et des petits pois à la menthe.

– Le laboratoire a travaillé d'arrache-pied, indiqua le superintendant. Ce n'est pas facile... Le corps a presque complètement brûlé. Plus d'empreintes digitales. Il y a quand même eu un petit miracle : une touffe de cheveux à moitié grillée, mais analysable... Et puis un détail bizarre.

– Lequel? demanda Higgins, intéressé.

– Il lui manquait une dent... Une molaire supérieure, je crois.

– Excellent. Voilà un moyen d'identifier la victime à coup sûr.

Une lueur d'étonnement traversa le regard de Scott Marlow.

– Qu'est-ce que vous insinuez, Higgins? Vous ne pensez quand même pas...

– Qu'il ne s'agirait pas du corps de l'Apa Shenouda? Sans preuves, je n'irai pas jusque-là. Dans le cas des décès par le feu, le manuel de criminologie de M.B. Masters recommande la plus extrême méfiance. C'est le moyen de plus couramment utilisé par un assassin pour opérer une substitution de corps. En conséquence, n'échafaudons aucune théorie avant d'avoir la certitude que c'est bien l'Apa Shenouda qui a brûlé au sommet de son église. Il devait avoir un dentiste, je suppose?

– Je m'en occupe dès aujourd'hui. Je veux en avoir le cœur net.

– N'oubliez pas la touffe de cheveux.

– Je retourne au labo et je demande un dossier complet.

– De mon côté, annonça Higgins, je retourne à l'église Saint-Marc. Il me reste quelques questions à poser.

Scott Marlow, soudain gêné, tordit sa serviette.

– Euh... Il y aurait une petite formalité à accomplir, Higgins. Rien d'important, mais votre présence est jugée indispensable, en quelque sorte...

Le regard de Higgins se fit lourd de reproches, comme s'il tançait un enfant pris en flagrant délit de désobéissance.

– Mon cher Marlow, vous ne tenteriez pas, j'espère, de me convoquer à un rendez-vous discret dans un bureau plus discret encore, pour y recevoir des ordres si discrets qu'ils ne doivent pas être écrits... Souvenez-vous, je suis à la retraite.

– Je sais, Higgins, je sais... Mais votre présence, tout à fait officieuse, bien entendu, est vivement souhaitée... Si je vous avais à mes côtés, je ne serais pas seul.

L'ex-inspecteur-chef soupira.

– Logique implacable, reconnut-il. A quelle heure?

– Onze heures trente au Yard dans le bureau officieux du grand patron, loin des oreilles indiscrètes. Vous connaissez l'endroit.

– Je n'ai pas oublié le chemin, en effet. A tout à l'heure.

*
**

La même paix régnait à l'intérieur de l'église copte où quelques fidèles récitaient des psaumes. Aucun journal n'avait donné la nouvelle de la mort de l'Apa Shenouda. Sans doute une intervention de la Couronne ou du Premier ministre avait-elle fait retarder la divulgation du drame. Mais ce n'était que reculer pour mieux sauter et tomber de Charybde en Scylla.

Les lampes à huile brûlaient toujours devant les reliquaires. Cyrille Maskun, vêtu de la grande robe noire traditionnelle, versait dans l'une d'elles de l'huile de sésame.

Higgins toussota.

– Que Dieu soit avec vous, monsieur Maskun.

Le jeune mystique se retourna, courroucé.

– Comptez-vous me déranger souvent, inspecteur? J'ai un office à remplir et je dois y consacrer toute mon attention.

– C'est bien naturel, admit l'ex-inspecteur-chef. Mais j'ai du travail, moi aussi. Soyez aimable de me conduire auprès de l'évêque Makarius.

– Il est en prière de l'autre côté de l'iconostase. Vous n'avez pas le droit de...

Higgins grimpa aussi allégrement que possible les trois marches menant à la porte de l'iconostase, la cloison garnie d'icônes séparant l'église en deux parties bien distinctes.

L'ex-inspecteur-chef écarta le rideau. Eberlué et révolté, Cyrille Maskun n'osa pas intervenir. L'homme du Yard se sentait coupable d'un véritable sacrilège.

Mgr Makarius, assis sur un fauteuil rouge au dossier ajouré, avait apparemment terminé sa prière. Il astiquait une série de pierres précieuses ornant une croix sacerdotale.

L'évêque copte fit preuve d'un remarquable sang-froid.

– Inspecteur! Quelle bonne surprise! D'ordinaire, seuls les hauts dignitaires de notre Eglise sont admis ici... Sans doute l'ignoriez-vous.

– J'avoue que non, Votre Eminence. Je sais aussi que le seuil de l'iconostase est élevé pour empêcher les mauvais esprits, les serpents et les scorpions d'entrer dans ce sanctuaire. Mais j'ai une excuse : je viens vous parler de l'Apa Shenouda qui aurait dû être ici, à vos côtés.

– Et même sur le siège que j'occupe, en effet. Nous mesurons encore bien mal le malheur qui nous accable. La charité doit animer notre cœur, certes, mais il faudra qu'un juste châtiment frappe le coupable. J'espère que l'Angleterre a encore le sens de ses devoirs.

– Je l'espère aussi, dit Higgins. J'aimerais voir la chambre de l'Apa Shenouda. Vous seul pouvez me servir de guide. Sans doute serez-vous le successeur de l'Apa Shenouda?

Mgr Makarius éleva lentement la main droite dans un geste dubitatif.

– C'est à Alexandrie de décider... On parle aussi de Cyrille Maskun, qui connaît aussi bien nos rites que vos coutumes.

– N'est-il pas un peu jeune et inexpérimenté? avança Higgins.

– C'est bien mon avis, inspecteur. Je m'aperçois que vous êtes un sage.

– Tout au plus quelqu'un qui désespère de le devenir, Votre Eminence. Diriger la communauté copte d'Angleterre ne doit pas être une sinécure.

– Là où le Seigneur vous appelle, là il faut aller, dit avec componction Mgr Makarius. Ma tâche future ne serait certainement pas facile, mais je me dois à ma communauté sans ménager mes efforts.

– Mes vœux de plein succès vous accompagnent, dit Higgins. Pourrais-je examiner la chambre de l'Apa Shenouda?

– Je vous guide.

L'évêque copte posa les pierres précieuses qu'il manipulait et se leva avec lenteur. Précédant Higgins, il écarta le rideau de l'iconostase, passa devant l'autel de Saint-Michel sur lequel étaient pieusement exposées la croix et la bague de l'Apa Shenouda. Cyrille Maskun, éberlué, regarda s'avancer les deux hommes.

Ils traversèrent l'église et disparurent derrière une paroi couverte d'icônes pour pénétrer dans un étroit couloir qui aboutissait à une cellule aux murs nus. Au-dessus d'un lit défait, un grand crucifix doré. En face, une table de bois couverte de livres rituels.

Higgins les feuilleta page par page, prenant son temps. Il n'effectua aucune découverte significative. Mgr Makarius demeurait immobile sur le seuil, regardant l'ex-inspecteur-chef.

– Pendant la soirée du drame, Votre Eminence, n'avez-vous rien remarqué ou entendu d'insolite?

– Vraiment rien, inspecteur. Si j'avais le moindre indice, je vous le fournirais immédiatement.

Higgins inspecta le petit cabinet de toilette utilisé par l'Apa Shenouda. Un lavabo, une glace, une étagère sur laquelle se trouvaient un rasoir, un savon, un peigne et un flacon de shampooing à la poudre d'orties. Sortant un mouchoir brodé à son nom, l'ex-inspecteur-chef y déposa deux longs cheveux restés accrochés aux dents du peigne.

– Quelqu'un a-t-il touché à quelque chose? demanda Higgins.

– Je ne crois pas, répondit Mgr Makarius. C'est la première fois que je pénètre dans cette pièce depuis la disparition de l'Apa Shenouda.

– Je suppose que ce dernier possédait plusieurs soutanes. Où se trouvent-elles?

– Dans le placard aménagé dans le couloir.

Higgins en examina l'intérieur. Il y avait là deux longues robes noires et une paire de chaussures à lacets. Higgins se pencha longuement sur ces objets. L'évêque ne manifestait pas la moindre impatience.

– L'Apa Shenouda était un homme corpulent, n'est-ce pas?

– Exact.

– Et il ne s'est pas suicidé...

– Certainement pas.

– Il est donc monté sur le toit de l'église en compagnie de son assassin.

– A moins que ce dernier n'ait porté là-haut son cadavre, objecta Mgr Makarius.

– En ce cas, il a fallu au moins deux porteurs.

L'évêque copte acquiesça d'un hochement de tête.

– Mais personne n'a remarqué ce trio, constata Higgins. Ni vous, ni Cyrille Maskun, ni Macaire, ni sa fille Marie. Etrange...

– Pas tellement, inspecteur. L'église est grande. Chacun vaquait à ses propres occupations.

– Les deux personnes qui transportaient le cadavre avaient l'habitude des lieux, semble-t-il.

Mgr Makarius ne commenta pas la remarque de Higgins.

– D'après Cyrille Maskun, poursuivit l'homme du Yard, le crime a eu lieu à une heure significative. L'assassin connaissait le caractère néfaste de ce moment d'après la magie copte. Il possédait donc un savoir précis dans ce domaine.

Un soupçon d'énervement perça dans la voix de l'évêque.

– Si vous tentez d'insinuer que ce sont des membres de notre communauté qui ont supplicié l'Apa Shenouda, vous vous trompez lourdement, inspecteur. Vous ignorez ce qu'il représentait pour nous. Ce n'était pas un simple dirigeant, mais la réincarnation d'un de nos plus grands saints. Porter la main sur lui, pour un copte, était impensable. Ç'aurait été se condamner aussitôt à la damnation éternelle. Ce n'est pas parmi nous qu'il faut chercher l'assassin et vous le savez fort bien. Mais vous avez sans doute reçu l'ordre de ne pas faire de vagues. Sachez que nous ne laisserons pas ce crime impuni. Les coptes ne resteront pas silencieux. Je vous en fais la promesse.

***

La petite salle du Yard était aussi impersonnelle que possible. Contre les murs, des armoires métalliques. Autour d'une table carrée, trois hommes étaient assis : le bras droit du grand patron du Yard, le superintendant Marlow et l'ex-inspecteur-chef Higgins.

– Je vous ai réunis à la demande de la Couronne, révéla le bras droit, un homme grand et sec aux cheveux gris. Bien entendu, cette réunion ne fera l'objet d'aucun rapport puisqu'elle n'a jamais existé.

– Bien entendu, approuva Higgins. Moi non plus, je n'existe pas puisque je suis à la retraite. Tout se passe comme si le superintendant Marlow était seul dans cette pièce.

Le bras droit n'apprécia pas l'attitude critique de Higgins. On l'avait prévenu que le personnage n'était pas facile à manœuvrer.

– Que pouvez-vous nous dévoiler sur les négociations entre coptes et anglicans? demanda Scott Marlow, anxieux.

– Ce sont les coptes qui ont déposé une demande de reconnaissance officielle pour pouvoir développer leur implantation. L'Eglise anglicane a très mal réagi. Nous sommes tolérants mais il y a des limites... Malheureusement, l'Apa Shenouda était une personnalité trop puissante pour être évacuée, même diplomatiquement. Nous avons été contraints de prendre le dossier en considération. La Couronne a exercé une légère pression sur l'Eglise anglicane pour que soient nommés des négociateurs efficaces.

– Avec une idée précise, indiqua Higgins : accorder le minimum.

Le haut responsable jeta un regard noir à l'ex-inspecteur-chef.

– Si l'on veut, admis le fonctionnaire. Cette tactique s'est soldée par un échec. Sans se comporter de manière intransigeante, l'Apa Shenouda n'a cédé sur aucune de ses exigences. La reine lui aurait même accordé un entretien secret au cours duquel il se serait montré extrêmement convaincant. Autant vous dire que sa... sa mort brutale...

– Vous pouvez dire son assassinat, l'interrompit Higgins.

Le bras droit blêmit.

– Auriez-vous... des preuves?

– De très fortes présomptions, reconnut Scott Marlow. On voit difficilement un homme comme l'Apa Shenouda s'arroser lui-même d'essence, se ligoter, s'attacher à un pignon la tête en bas et allumer le brasier.

– D'autant plus que le suicide semble exclu pour un copte, chef spirituel de surcroît, ajouta Higgins.

– Tout cela est fort ennuyeux, conclut à regret le haut fonctionnaire. Un suicide aurait été beaucoup plus positif. Et le cadavre...

– Il est soumis à un examen attentif pour une identification définitive, déclara Scott Marlow.

– A supposer qu'il s'agisse bien de l'Apa Shenouda et qu'il ait bien été assassiné, nous sommes dans un très mauvais cas... La Couronne ne veut pas de vagues. Un conflit religieux serait désastreux. La situation actuelle...

On frappa à la porte.

– Entrez, ordonna le haut fonctionnaire, irrité.

Un jeune inspecteur fit un pas dans la pièce.

– Pardonnez-moi, Sir...

– J'avais ordonné qu'on ne me dérange pas.

– Un document urgent et confidentiel... J'ai cru bon de vous le remettre sans tarder.

Le jeune inspecteur s'acquitta de sa tâche délicate et s'éclipsa.

Le haut fonctionnaire ouvrit la grande enveloppe brune, en sortit un texte, le lut attentivement et verdit avec distinction.

– C'est épouvantable, constata-t-il. Epouvantable... Le *Times* publie demain des informations sur le mystère de Kensington. L'article retrace la carrière de l'Apa Shenouda, son arrivée à Londres, ses premières démarches pour l'expansion de la religion copte, l'intransigeance de l'Eglise anglicane... Tout juste si cette dernière n'est pas formellement accusée de meurtre! On devrait supprimer totalement la presse, je l'ai dit cent fois! Comment voulez-vous maintenir l'ordre dans ces conditions?

– Vaste question qui appellerait de vastes réponses, analysa Higgins. Mais je crois que nous n'aurons pas le loisir de les aborder. Il me semble que le temps vous est compté.

Le haut fonctionnaire eut un haut-le-corps.

– Comment... *m'est* compté? C'est vous qui menez l'enquête! Je ne suis nullement impliqué dans cette pagaille! Messieurs, c'est l'honneur du Yard, de la Couronne et de l'Angleterre qui est en jeu. Une machine infernale s'est mise en marche. Vous devez absolument trouver quelque chose.

– J'ai une ombre, dit Higgins.

– Pardon? s'étonna le haut fonctionnaire.

– Des témoins ont vu une ombre s'enfuir peu avant l'heure où l'atroce incendie a été allumé.

– Eh bien voilà! Vous avez une piste! Un copte, c'est certain! Nous sommes en présence d'un crime crapuleux. Un règlement de comptes interne qui met hors de cause l'Eglise anglicane. Vous êtes bien le meilleur nez du Yard, monsieur Higgins.

– Pas de conclusions hâtives, objecta l'ex-inspecteur-chef. Une ombre n'est qu'une ombre...

– Je compte sur vous pour l'identifier au plus vite. Bien entendu, superintendant Marlow, l'éventualité d'un échec est totalement exclue. Bonne chance, messieurs.

« Les hauts fonctionnaires ne changeront jamais », pensa Higgins. Mais un défi restait un défi. Et celui-là valait la peine d'être relevé.

CHAPITRE 6

Scott Marlow se frayait difficilement un chemin dans les embouteillages londoniens. L'embrayage de la vieille Bentley donnait des signes de fatigue. A cet ennui mécanique s'ajoutaient de graves soucis. Les coptes avaient montré leur détermination en faisant imprimer des milliers de tracts. Ceux-ci appelaient tous les coptes d'Angleterre à se rendre dans la capitale pour y célébrer les funérailles de l'Apa Shenouda. Une gigantesque manifestation, à laquelle étaient conviés les opprimés et les minorités persécutées, serait organisée.

Exactement ce qui risquait de troubler l'ordre public.

Exactement ce que redoutait la Couronne.

Exactement ce que craignait le superintendant Marlow.

« Les plus grands désespoirs sont des cours d'eau qui se perdent dans des rivières sans estuaire », avait écrit la poétesse Harriett J. B. Harrenlittlewoodrof, futur prix Nobel de littérature, dont Higgins possédait plusieurs manuscrits tout à fait inédits. En fonction de cette sublime pensée, Higgins préféra ne pas troubler Scott Marlow, perdu dans son spleen.

Les tracts, avec une habileté certaine, laissaient entendre que les anglicans n'étaient pas étrangers à la disparition brutale de l'Apa Shenouda sans pour autant les accuser de façon formelle. Higgins aurait volontiers attribué le texte à Mgr Makarius.

Il avait remis à Scott Marlow les deux cheveux recueillis sur le peigne de l'Apa Shenouda ainsi que quelques autres provenant du col des deux soutanes. Une comparaison avec les restes de la touffe calcinée serait des plus révélatrices.

– Comment avez-vous obtenu l'adresse du dentiste? interrogea Higgins avec douceur pour ne pas arracher trop brutalement le superintendant à sa détresse.

– Un simple appel téléphonique. Mgr Makarius, qui assure l'intérim de l'Apa Shenouda, m'a renseigné sans regimber. L'Apa Shenouda avait eu un accident stupide en glissant dans son cabinet de toilette. Il s'était cassé une dent. Ne connaissant pas de dentiste à Londres, il a tout bonnement cherché dans l'annuaire le premier venu. Un dénommé Philby Collins qui habite Chesterton Road, dans Kensington Road. Nous y serons dans deux minutes.

Philby Collins avait une cinquantaine d'années. Rondouillard, le front bas, les doigts boudinés, il fit attendre les deux policiers plus d'un quart d'heure.

Scott Marlow piétinait. Le temps jouait contre lui.

– Désolé, s'excusa le dentiste en introduisant les policiers dans son cabinet. Une dent de sagesse incluse et barrée. Le pire. Même si la reine m'avait demandé, j'aurais dû la faire patienter.

Scott Marlow passa outre ce crime de lèse-majesté.

– Avez-vous eu récemment comme client un dignitaire de l'Eglise copte nommé Apa Shenouda?

– Un grand type avec une longue barbe noire et une voix très grave, portant une espèce de soutane sur laquelle pendait une croix?

– C'est bien lui.

– Il est venu voici une semaine, environ. Une dent cassée. Je l'ai soigné, j'ai pris des empreintes et commandé une dent artificielle. Il devait revenir, bien entendu... Demain après-midi, 15 heures.

– Pourriez-vous nous remettre son dossier?

– Pour quelle raison?

– Cet homme a été assassiné. Nous avons besoin de procéder à certaines vérifications.

– Assassiné...? Quelle horreur...!

Le dentiste paraissait assommé par la nouvelle.

– Quelle est votre confession? demanda Higgins.

– Je suis anglican... Pourquoi?

– Simple curiosité.

***

Des policiers en tenue et en civil avaient envahi le quartier de Kensington, prêts à disperser toute manifestation. Le *Times* entreprenait la publication d'une longue série d'articles sur la religion copte, son ancienneté, les valeurs profondes qu'elle véhiculait, ses racines proche-orientales et son influence sur le christianisme naissant. D'autres journaux, moins sérieux, titraient sur la mort atroce de l'Apa Shenouda, certains allant jusqu'à accuser de meurtre le spectre de Jack l'Eventreur ou celui de l'abominable Docteur Moriarty.

Le calme et bourgeois quartier de Kensington, fleuron de la civilisation victorienne, était brutalement en proie à une agitation que déploraient les propriétaires d'hôtels particuliers et de petites demeures blanches ou roses, bordant des rues d'ordinaire fort tranquilles.

De partout, on venait voir l'église du martyr copte. Les minorités se rejoignaient dans une contestation active, qu'il s'agisse d'indépendantistes écossais, d'hindous luttant pour la protection des vaches sacrées ou des défenseurs du monstre du Loch Ness. Des professionnels de l'agitation organisaient les groupuscules, préparant des marches et des défilés.

Le superintendant Marlow, tenu au courant heure par heure, broyait du noir. Compréhensif, le laboratoire central avait accéléré ses investigations. Mais le faible espoir qu'entretenait Scott Marlow au fond de lui-même s'était évanoui à la lecture des rapports scientifiques qui ne laissaient pas subsister le moindre doute.

Le superintendant, d'une démarche pesante, rejoignit son bureau ou l'attendait l'ex-inspecteur-chef Higgins qui relisait des sonnets de Shakespeare.

– Vous vivez dans un cadre déprimant, mon cher Marlow. Rien que du béton et de l'acier, des machines partout, pas une fleur... Ce doit être démoralisant.

– Il y a plus déprimant encore, soupira Scott Marlow.

– Ne me dites pas que la reine...

Le superintendant intervint avec vivacité.

– Ah non, bien sûr que non! Par bonheur, elle se porte à la perfection. Je voulais parler de notre affaire... J'ai les rapports du labo. Le corps est bien celui de l'Apa Shenouda. Les cheveux que vous avez recueillis sont bien ceux du cadavre. L'examen de la dentition, en fonction du dossier fourni par le dentiste, aboutit à une preuve formelle. C'est bien à l'endroit de la mâchoire qui est indiqué qu'il y a une dent manquante.

– C'est donc un crime, conclut Higgins.

– Hélas, oui.

– Comment en être étonné, mon cher Marlow? On se suicide rarement la tête en bas.

– Ces Orientaux sont parfois si bizarres... J'avais espéré...

– Voyons la réalité en face. L'Apa Shenouda a été assassiné, et de bien étrange manière. Il nous faut comprendre pourquoi.

– Un crime rituel, j'en ai peur.

– Possible, dit Higgins, énigmatique.

– Quelle autre hypothèse? Pourquoi toute cette mise en scène, sinon?

– Précisément parce qu'il s'agirait d'une mise en scène destinée à orienter l'enquête sur une fausse piste. Le laboratoire a fait son travail. A nous de faire le nôtre. Avez-vous l'adresse des deux négociateurs anglicans?

– Bien sûr... Mais nous n'avons pas demandé une entrevue officielle. Il faudrait...

– Oublions la voie administrative. Nous sommes pressés. Il sera beaucoup plus sympathique de les rencontrer chez eux et à l'improviste.

Higgins bouclait déjà la ceinture de son Tielocken, le plus traditionnel et le plus confortable des imperméables britanniques. Scott Marlow aurait voulu protester contre cette procédure mais il n'en eut pas la force. Perdu pour perdu, autant tout risquer.

*
**

Le révérend Henry Dickens habitait un grand appartement confortable dans Gower Street, non loin du British Museum. Professeur de littératures orientales, auteur de nombreux articles spécialisés sur la religion copte, il était expert auprès du musée pour l'achat de pièces rares, icônes, croix ou manuscrits. Vivant dans un aimable désordre, il consacrait la plupart de son temps à une recherche sur le périple effectué en Egypte par la Sainte Famille.

Lorsqu'on sonna, il dégustait un gâteau à la crème sur lit de framboises dont la mise au point avait exigé plusieurs essais infructueux. En cette fin d'après-midi, il n'attendait personne. Et si c'était... En ce cas, quelle catastrophe! Il n'avait même pas une bouteille de champagne français! Se contenterait-elle de whisky écossais?

Quand il ouvrit la porte, le révérend Henry Dickens fut presque soulagé. Il ne s'agissait que de deux hommes, l'un plutôt lourdaud et mal habillé, l'autre sanglé dans un élégant Tielocken.

– Scotland Yard, annonça Scott Marlow sévère. Pourriez-vous nous accorder un entretien?

– Bien volontiers, messieurs. Entrez donc. J'ai ici une petite merveille dont vous me direz des nouvelles.

Le superintendant fut abasourdi par la chaleur de l'accueil. Henry Dickens était un individu jovial, au visage épanoui et à l'embonpoint rassurant.

Alors que Scott Marlow se trouvait encore dans l'entrée, il reçut une assiette où trônait une part de gâteau, et une fourchette.

– Goûtez-moi ça, ordonna le révérend. Cette fois-ci, je l'ai réussi. Ça n'a pas été sans mal. Les auteurs de recettes sont de véritables forbans. Temps de cuisson, dosages... tout est faux! On doit tout réinventer soi-même. Insensé, non?

Higgins considéra le capharnaüm savamment entretenu par le maître des lieux : des dictionnaires éparpillés, des casseroles et autres ustensiles répartis dans le living-room, un drap de lit jeté sur une commode, un placard grand ouvert et rempli de vêtements entassés à la va-vite. L'ordre et le rangement ne semblaient pas être les points forts du pasteur anglican.

– Fameux, reconnut Scott Marlow.

– Que pensez-vous de la crème? Soyez sincère. J'exige la vérité.

– Comment dire...

– J'ai compris. Il vous faut une seconde expérience.

Le révérend resservit le superintendant. Higgins en profita pour fureter dans le living-room.

– Je manque à tous mes devoirs, reconnut Henry Dickens, débarrassant à la hâte deux fauteuils encombrés de paperasses. Vous venez à cause de la mort de l'Apa Shenouda, je suppose? Maudite histoire, en vérité... Que le Seigneur nous évite d'autres drames!

– S'il nous entend, ajouta l'ex-inspecteur-chef, ce serait une excellente décision. Avez-vous bien connu l'Apa Shenouda?

– Bien connu, non. Mais beaucoup entendu parler. Je l'ai vu deux fois, à Londres, lors des négociations. Un personnage impressionnant, diplomate et déterminé. Fort mal entouré, à mon avis. L'évêque résident, Mgr Makarius, est un doctrinaire ambitieux. Cyrille Maskun, qui a la haute main sur les rites et les fidèles, est une sorte de fanatique. En écoutant leurs conseils, l'Apa Shenouda se fourvoyait. C'est pourquoi nous n'avons pu aboutir.

Scott Marlow s'assit. Henry Dickens était un remarquable pâtissier.

– Est-ce vous qui avez sollicité cette fonction de négociateur? demanda Higgins.

– Certes pas! répondit le pasteur anglican. Ma vie, ce sont mes recherches... malheureusement, ma hiérarchie savait que je lis et parle le copte. Ma spécialité, c'est l'Antiquité, pas la politique contemporaine... Toute cette histoire me perturbe profondément. J'avais presque établi le chemin suivi par la Vierge Marie dans les faubourgs du Caire quand cette nomination m'est tombée dessus. Quelle tristesse! J'ai aussitôt proposé ma démission, mais elle a été refusée. Si vous connaissez un moyen de trouver un autre pigeon, mettez-moi au courant sans tarder.

Henry Dickens s'effondra dans un fauteuil. Higgins déambulait, toujours les mains croisées derrière le dos.

– Où vous trouviez-vous, dimanche soir? interrogea l'ex-inspecteur-chef.

– Dimanche soir... Je ne m'en souviens plus. Ici, sans doute. Pourquoi cette question?

– Pour rien, intervint Scott Marlow, désirant éviter un incident. Simple information... Déformation professionnelle, en quelque sorte.

Le pasteur anglican parut soudain fort contrarié.

– Vos explications ne sont pas convaincantes... J'ai l'impression que vous m'accusez de meurtre!

– Certainement pas, protesta le superintendant.

– Si, si et c'est monstrueux! M'accuser, moi, un homme de Dieu!

Henry Dickens reprit à Scott Marlow l'assiette à gâteau et la posa sur un pull-over négligemment étalé sur une chaise paillée.

– Les coptes sont furieux, rappela Higgins. Ils ont la certitude que l'Apa Shenouda a été assassiné par un anglican.

– Balivernes! protesta Henry Dickens. C'est un règlement de comptes entre coptes! Ces gens-là sont incroyables... Ils essaient de nous faire porter le chapeau!

Higgins, déplorant le langage peu châtié de l'ecclésiastique, ne se satisfit pas de ses dénégations indignées.

– Pensez au point de vue du Yard, révérend. Les coptes estimaient que l'Apa Shenouda était le meilleur négociateur possible. Sa mort, pour eux, est une véritable catastrophe. L'Eglise anglicane triomphe. Vous connaissez la question première que tout enquêteur doit se poser : à qui profite le crime?

Nerveux, Henry Dickens se leva et fit quelques pas, tournant le dos aux deux policiers.

– Ces insinuations sont absurdes... L'Eglise anglicane est une valeur essentielle de notre société, chacun l'admet, mais ce n'est pas une machine de guerre. Nous sommes parfaitement tolérants, à condition que les autres croyances ne dépassent pas le territoire qui leur a été imparti.

– Quel était celui des coptes?

Henry Dickens se rassit, concentré.

– C'est justement le problème... Nous étions en train de le définir avec l'Apa Shenouda. Accueillir une croyance étrangère est une chose, la laisser se développer d'une manière anarchique en est une autre. L'Angleterre doit rester l'Angleterre, que diable!

Scott Marlow approuva intérieurement l'attitude du révérend. Mais il avait une enquête à mener et un résultat rapide à obtenir.

– Je suis désolé d'insister, mon révérend... Où vous trouviez-vous dimanche soir, entre 23 heures et minuit?

– Je vous répète que je ne m'en souviens pas... A cette heure-là, d'habitude, je dors.

Higgins prit des notes sur son carnet noir. Le pasteur, au fil de l'interrogatoire, perdait sa jovialité.

– Si vous suspectez les anglicans, poursuivit ce dernier, vous tomberez dans un piège tendu par les coptes. C'est évident. J'espère que Scotland Yard n'a pas complètement perdu ses facultés de raisonnement.

– Avez-vous rencontré un copte nommé Macaire? demanda Higgins.

– Oui, répondit Henry Dickens. Il servait de secrétaire à l'Apa Shenouda lors de la dernière grande négociation.

– Que pensez-vous de cet homme?

– Rien de particulier... Un individu effacé, sans personnalité. Il s'est contenté de prendre des notes pendant la réunion. Il ne s'est pas permis de prendre la parole.

– Lui avez-vous parlé?

– Non. Selon les exigences du protocole, je ne me suis adressé qu'au chef de la délégation adverse, l'Apa Shenouda. Soyez certain d'une chose : je déplore sa mort.

– Pensiez-vous pouvoir aboutir à une solution?

Le pasteur parut gêné.

– Eh bien... comment dire... ç'aurait été difficile, très délicat... Mes ordres, la position de la hiérarchie...

– Autrement dit, expliqua Higgins, vous n'étiez pas autorisé à faire la moindre concession et ces négociations ne pouvaient aboutir qu'à un échec.

Henry Dickens s'empourpra.

– Bien sûr que non, inspecteur! Nous avions le devoir d'être fermes, pas fermés.

– Etait-ce aussi l'avis de votre collègue, le révérend Westermore?

Cette fois, le pasteur anglican se drapa dans une dignité offusquée.

– Vous le lui demanderez vous-même. Je n'ai pas l'habitude de parler à la place d'autrui. J'ai beaucoup de travail, messieurs. Il exige un maximum de concentration. Seriez-vous assez aimables de me laisser seul?

CHAPITRE 7

Le révérend Westermore habitait Sydney Street, dans le quartier de Chelsea. Scott Marlow y parvint peu avant 19 heures, après être tombé dans deux embouteillages monstrueux dont la vieille Bentley était sortie avec la plus grande peine.

Le superintendant n'avait retiré aucun réconfort de son entrevue avec le révérend Dickens. Ce n'était quand même pas parce qu'il ne disposait d'aucun alibi pour l'heure du crime qu'on pouvait l'accuser du meurtre. Marlow avait espéré que son collègue eût repéré quelque indice significatif, quelque comportement trouble, mais Higgins n'avait fait aucun commentaire.

Le superintendant frappa à la porte avec un heurtoir. L'appartement du révérend Westermore se situait au deuxième étage d'un immeuble bourgeois dont la façade avait été récemment repeinte. Une femme rousse, à la peau laiteuse, ouvrit.

– Scotland Yard, annonça Marlow. Superintendant Marlow et inspecteur Higgins. Nous aimerions voir le révérend Westermore.

– Pour quel motif?

– Enquête criminelle.

– Mon Dieu! s'exclama la femme rousse dont Higgins nota le maintien et l'élégance naturelle.

Grande, élancée, elle portait un corsage blanc et un pantalon noir.

Après avoir été admis à pénétrer dans l'appartement, le superintendant reprit :

– Rassurez-vous, le révérend Westermore n'est nullement accusé. Mais nous aimerions le voir pour obtenir son témoignage.

– Eh bien, rien de plus simple. Vous l'avez devant vous.

Le superintendant demeura quelques secondes la bouche entrouverte.

– Vous voulez dire... que vous êtes son épouse?

– Non, non, expliqua-t-elle, souriante. Je suis bien moi-même, Abigail Westermore, diacre de l'Eglise anglicane. En vérité, je ne mérite pas encore le titre de révérend. Mes collègues me l'ont donné autant par moquerie que par crainte.

– Une femme...

– C'est bien exact, superintendant. Je suis une femme. La décence m'oblige à ne vous offrir que cette affirmation.

Scott Marlow rougit jusqu'aux oreilles.

– J'avais entendu parler d'un grand mouvement de libéralisme dans l'Eglise anglicane, indiqua Higgins, jovial. Vous en êtes l'un des exemples les plus charmants.

Abigail Westermore considéra avec circonspection l'ex-inspecteur-chef. Il n'avait rien d'un séducteur, mais sa voix douce et grave ne manquait pas de magnétisme. Instinctivement, elle sentit qu'elle devrait s'en méfier.

– Il n'existe aucun obstacle théologique à l'ordination des femmes, inspecteur. Ce sont elles qui sauveront la religion. Nous lutterons jusqu'à la victoire. Excusez-moi... je reviens.

Abigail Westermore abandonna les deux hommes, se précipita dans sa chambre et revint quelques instants plus tard, portant le col ecclésiastique, couleur blanc cassé.

– Sans lui, expliqua-t-elle, je me sens presque nue. A présent, je vous écoute.

L'intérieur de l'appartement était d'une sobriété presque glaciale. Des tableaux de peintres modernes avec des rayures rouges et des striures violettes, un parquet ciré à la perfection, des meubles passe-partout. Entre les deux fenêtres donnant sur la rue, un crucifix géant aux dorures étincelantes.

– Vous savez sans doute que l'Apa Shenouda a été assassiné, avança Higgins. Quelle est votre hypothèse?

Abigail Westermore haussa les épaules.

– Ce n'est pas à moi de faire le travail de la police.

– Et si les coptes vous accusaient de meurtre?

La fureur s'empara de la jeune femme.

– M'accuser, moi? Ils auraient cette impudence?

– Je le crains, déplora Higgins. Pourriez-vous nous dire où vous vous trouviez dimanche soir, entre 23 heures et minuit?

– Il n'en est pas question.

Abigail Westermore était l'image même de la dignité outragée.

– Soyez coopérative, implora Scott Marlow. Il est évident que nous ne prêtons aucun crédit à ces ridicules accusations... Il serait néanmoins nécessaire que nous obtenions de vous cette précision.

– Ma vie privée ne concerne que moi.

– En règle générale, c'est exact, apprécia Higgins, mais pas dans le cadre d'une affaire criminelle. Si vous n'avez rien à vous reprocher, pourquoi ne pas dire tout bonnement la vérité?

La jeune femme remonta son col ecclésiastique.

– Je n'ai rien à me reprocher et je ne dirai rien sur ma vie privée. Vous feriez mieux de démonter la machination des coptes.

– Que voulez-vous dire? interrogea Higgins, intrigué.

– Je suppose que Scotland Yard n'a même pas songé à examiner de près le cadavre. Ce n'est sûrement pas celui de l'Apa Shenouda! Un tour de passe-passe, c'est certain... Et voilà de quoi accuser de meurtre l'Eglise anglicane!

– Désolé de vous contredire, révérend. Nous y avons pensé. Le superintendant Marlow a obtenu la preuve qu'il s'agissait bien de la dépouille mortelle de l'Apa Shenouda. Les rapports du laboratoire sont formels. Il n'y a malheureusement pas d'échappatoire. C'est un meurtre prémédité et mis en scène d'une manière extravagante, du moins à première vue.

Un silence gêné s'établit dans la conversation. Abigail Westermore perdit un peu de son mordant. Elle se fit plus féminine.

– Pardonnez-moi cet excès de passion... Je suis sur les nerfs depuis ce drame. Notre image de marque est sérieusement ternie. Nous ne méritions pas une telle injustice.

– Etiez-vous décidée à faire réussir ces négociations?

– J'ai été nommée pour défendre le point de vue de ma hiérarchie et ne pas céder sur le terrain de la doctrine. J'estime avoir tenu mon rôle sans faiblir.

De nouveau, Abigail Westermore affichait un air supérieur et pénétré.

– Comme votre collègue Henry Dickens, indiqua Higgins.

La rousse haussa à nouveau les épaules.

– Chacun sa tâche. Le révérend Dickens est un spécialiste des religions orientales.

– Pas vous?

– Non. Mon domaine, c'est la relation psychologique. J'avais pour mission de maintenir un dialogue aussi fructueux que possible.

– Mais ce ne fut pas le cas.

– En effet, reconnut Abigail Westermore.

– A cause de l'Apa Shenouda?

La jeune femme se leva et alluma une cigarette.

– C'est beaucoup plus complexe. L'Apa Shenouda était un homme très résolu, mais je crois qu'il était sincère. Je n'en dirais pas autant de son principal conseiller.

– Mgr Makarius?

– L'évêque? Non. Je veux parler du jeune mystique, Cyrille Maskun. L'évêque est un homme rusé, mais il ne pense qu'à lui-même et à son confort. Toute cette affaire doit l'importuner au plus haut point. Maskun, c'est différent. Il cherche la guerre. Il veut humilier l'Eglise anglicane, prouver que les coptes sont les plus forts.

– L'Apa Shenouda subissait vraiment son influence? s'enquit Higgins.

– Pas de manière évidente, bien sûr, mais je crois qu'il tenait le plus grand compte de ses avis. Lors de la dernière entrevue, le ton est très vite monté. Maskun s'est emporté, l'évêque Makarius l'a appuyé, le révérend Dickens n'a pas su garder son calme. L'affrontement est devenu très intense. Mon intervention s'est révélée inutile. Ni les coptes ni nous-mêmes n'avons accepté la moindre concession. Henry Dickens était fou de rage. Je crois...

La rousse s'interrompit, angoissée par ce qu'elle allait révéler.

– Que croyez-vous donc? demanda Higgins, souriant et paternel.

– Cela me paraît si affreux... Je crois que Henry Dickens avait envie de tuer tous ces coptes. Ce sont des choses qu'une femme ressent. Je désapprouve de tels sentiments, mais il faut avouer que l'Eglise anglicane doit se défendre contre ceux qui tentent de la détruire.

– Etait-ce vraiment l'intention des coptes? intervint Scott Marlow, soucieux.

– A vous d'apprécier, superintendant.

Higgins regarda fixement le Christ doré, comme s'il cherchait à puiser quelque inspiration divine.

– Comment avez-vous jugé l'attitude de Macaire, le secrétaire de l'Apa Shenouda?

– Inexistante. Il s'est contenté de prendre des notes.

– Aucune intervention?

– Je ne m'en souviens pas.

Higgins fit quelques pas dans la pièce. Audehors, le vent se levait.

– Pourquoi avez-vous été choisie pour vous occuper de ces délicates tractations? demanda l'ex-inspecteur-chef.

– Parce que je suis une femme, répondit sèchement Abigail Westermore. La hiérarchie souhaitait m'éprouver durement. J'en étais consciente et cela ne m'effrayait pas. Elle a vu de quoi j'étais capable.

– Votre entente avec le révérend Dickens ne paraît pas parfaite, insinua Scott Marlow.

Abigail Westermore écrasa sa cigarette dans un cendrier métallique.

– Elle ne l'est pas. J'ai l'impression très nette que mon collègue m'apprécie un peu trop. La manière dont il me regarde n'est pas très religieuse.

– Vous aurait-il... importunée?

– Non, pas à ce point. Mais il m'a fait comprendre que nos relations pourraient devenir plus... intimes. Je lui ai ri au nez. Cela lui a déplu, ce qui prouve qu'il manque de lucidité. Nous formerions un couple plutôt mal assorti, même si nous partageons la même foi.

Le superintendant était de plus en plus mal à l'aise. Ces confidences le choquaient. Il n'imaginait pas que des gens d'Eglise se comportassent ainsi. Chaque jour, la morale perdait du terrain. L'Eglise anglicane se laissait aller.

– Le révérend Dickens vous a-t-il dit ce qu'il pensait précisément de ses interlocuteurs?

Abigail Westermore réfléchit.

– Non... Il a formulé des jugements plutôt flous, bien dans sa manière.

– Etrange... Vous évoquiez tantôt son animosité et son caractère passionné. N'est-ce pas contradictoire?

– Pas le moins du monde. Dans l'action, le révérend Dickens prend des allures de chef. Il est cassant et autoritaire. En présence d'une femme, il est indécis, presque mou. A l'observer, je crois quand même qu'il avait peur de l'Apa Shenouda et qu'il aurait préféré traiter avec Mgr Makarius.

Ou plus exactement continuer à discuter de choses et d'autres avec lui, comme par le passé.

– Se connaissaient-ils depuis longtemps?

– Mgr Makarius étant le représentant officiel de la petite communauté copte à Londres, le révérend Dickens était appelé à le rencontrer une ou deux fois par an. L'arrivée de l'Apa Shenouda a bouleversé ce petit monde bien tranquille. Les coptes voulaient devenir une communauté religieuse reconnue et prospère avec, à leur tête, un chef de grande envergure. Mettez-vous à la place du révérend Dickens, perdu dans ses livres et son érudition! Une épouvantable révolution qui risquait de le mettre à la torture. Le ciel a voulu que je lui vienne en aide. Seul, il aurait pu sombrer dans quelque concession inacceptable.

Higgins prenait des notes. La pointe de son crayon, finement taillée, courait vite sur le papier. Il enregistrait tout, sans chercher à trier. Plus tard s'opérerait un travail de décantation.

– Avez-vous eu un entretien particulier avec l'Apa Shenouda? demanda l'ex-inspecteur-chef.

– Non, et je le déplore. Peut-être...

Un bref silence s'instaura.

– Peut-être, continua Abigail Westermore, aurais-je pu le convaincre d'abandonner ses funestes projets et de quitter discrètement l'Angleterre. Il m'a paru assez intelligent pour revenir sur ses positions. Si on m'avait laissée faire, nous aurions sûrement évité un drame.

Higgins contemplait un sous-verre abritant une gravure naïve représentant les rois Mages en adoration devant la crèche.

– Je comprends mal, avoua-t-il. Cela signifie-t-il que l'Apa Shenouda n'était pas convaincu par la justesse de sa cause?

Abigal Westermore prit un temps de réflexion.

– Je n'irai pas jusque-là... Il est même probable que j'exagère. Cependant...

– Cependant?

– Je crois connaître assez bien les hommes. Celui-là n'était ni une brute épaisse ni un fanatique. Il avait une certaine... fragilité.

– Voulez-vous dire, suggéra Higgins, qu'il était victime d'influences?

La jeune femme se suça l'index droit, dubitative.

– Difficile à affirmer... peut-être quelque chose de ce genre-là, en effet.

Scott Marlow jugeait bien hésitant le témoignage d'Abigail Westermore. Il eût préféré des faits, une preuve, une observation détaillée. On ne fondait pas une enquête sur des impressions aussi vagues que celles-ci.

– Vous devriez nous aider davantage, recommanda le superintendant.

– De quelle manière? s'insurgea l'ecclésiastique. Je n'ai pas l'intention de devenir auxiliaire des services de police.

– Raisonnons, exigea Scott Marlow, désireux de prouver à Higgins qu'il pouvait rivaliser avec lui sur le terrain de la déduction. Si vous et votre collègue Henry Dickens êtes hors de cause, ce sont les coptes qui sont coupables.

– *Les* coptes? s'étonna Abigail Westermore. Envisageriez-vous un complot?

– Secret de l'enquête, répondit le superintendant, embarrassé. Vous connaissez parfaitement les coptes qui sont mêlés à cette affaire. Je suis persuadé que vous avez des soupçons précis.

La rousse fit face au superintendant. Sa voix devint grinçante.

– Je vous interdis de me parler sur ce ton, dit-elle avec rage. Ce crime sordide ne me concerne en rien. Je n'ai aucune accusation précise à formuler. Personne ne peut bien connaître les coptes, à moins d'être copte soi-même. Ce sont des gens mystérieux et fermés. Jamais ils ne livrent le fond de leur pensée. S'il existe un mystère autour de la mort de l'Apa Shenouda, vous ne le percerez jamais. Même Scotland Yard est incapable de pénétrer dans le monde de ces gens-là. Si l'un d'eux est un criminel, il restera impuni. Et vous avez peut-être oublié l'essentiel...

Le superintendant afficha une mine outragée.

– Qu'est-ce à dire?

– Les coptes ou les anglicans... Pourquoi vous limiter à ces deux catégories de suspects? L'assassin ne serait-il pas extérieur à ces deux communautés? Ne s'agirait-il pas de quelqu'un qui chercherait à semer la discorde entre elles et à briser toute tentative de conciliation?

– Ça n'a aucun sens, estima Scott Marlow.

– Cela en a beaucoup, au contraire, objecta Abigail Westermore. Réfléchissez-y, si vous en êtes capable.

CHAPITRE 8

– Drôle de personnage, jugea le superintendant Marlow. Si l'Eglise anglicane commence à se laisser pervertir par les femmes, où ira l'Angleterre?

– Là où elle doit aller, répondit Higgins pensif. Nous traiterons plus tard de cette grande question, mon cher Marlow. Pour l'heure, il me faut satisfaire une urgence.

– Dans... Dans le cadre de l'enquête?

– Bien entendu. Soyez aimable de prendre la direction de Bond Street.

Scott Marlow ne posa pas de questions indiscrètes. Higgins semblait de mauvaise humeur. Une intervention inopportune risquait de le contrarier et de déclencher un retour précipité vers son cottage. Aussi le superintendant se concentra-t-il sur sa conduite, se faufilant dans des embouteillages en formation.

– Veuillez vous arrêter ici, demanda Higgins. J'en ai pour une minute.

Scott Marlow regarda l'ex-inspecteur-chef entrer chez Smythson, la plus raffinée des papeteries londoniennes. Comment Higgins aurait-il pu avouer à son collègue qu'il avait oublié un second crayon Steadtler Tradition B, indispensable dans le cas où la mine du premier aurait cédé sous l'effort?

Higgins fut servi par son vendeur habituel, un dénommé Holmes, qui le fournissait en crayons et en carnets noirs depuis sa première enquête. L'ex-inspecteur-chef n'avait même plus besoin de parler. Ses exigences étaient satisfaites avant qu'il ait ouvert la bouche. Holmes disposait d'une sorte de sixième sens qui faisait de lui le meilleur spécialiste de papeterie de tout l'Empire britannique.

Bien que les achats de Higgins fussent exécutés avec une remarquable promptitude, Scott Marlow fut la proie d'un agent de la circulation, une femme en uniforme, qui lui délivra un procès-verbal pour stationnement interdit. Elle le menaça de la fourrière en raison de l'état de délabrement de son véhicule qui faisait douter de sa qualité de superintendant du Yard. L'arrivée de Higgins mit fin à l'incident. La distinction naturelle de l'ex-inspecteur-chef et le classicisme de sa mise levèrent les doutes de la contractuelle. La Bentley, libérée, put repartir.

– Pourquoi ne lui avez-vous pas montré vos papiers? demanda Higgins.

– Parce que je les ai oubliés, bougonna Scott Marlow. Un pays qui ne reconnaît plus un policier honnête court droit à la catastrophe.

– Remettez-vous, superintendant. Je vous emmène dîner dans un endroit paisible.

– Est-ce bien nécessaire, Higgins? Le temps passe, nous n'avons aucune piste et...

– Toute crispation serait mauvaise conseillère, estima Higgins. Nous hâter ne serait d'aucune utilité. Allons dîner tranquillement à l'*English House*, dans Milner Street.

– Mais enfin, Higgins, la Couronne...

– Si nous nous trompions, la Couronne perdrait la face. Imaginez-vous semblable catastrophe?

Scott Marlow aurait préféré la fin du monde. En pénétrant dans le quartier de Kensington, le superintendant adressa une sorte de prière aux mânes de la reine Victoria. La grande souveraine n'était-elle pas née là, en 1819, à Kensington Palace, où elle avait résidé jusqu'à son accession au trône? Son ombre rassurante ne rôdait-elle pas encore dans les jardins, aujourd'hui ouverts au public qui y découvrait la statue de Peter Pan? Le destin était cruel. Pourquoi avait-il choisi ce quartier, le plus victorien de la capitale, pour y laisser commettre un crime qui ne concernait même pas un sujet de l'Empire britannique?

La vision de la salle à manger de l'*English House* rasséréna quelque peu le superintendant et allégea le poids de son fardeau : un mobilier ancien, un éclairage discret, des fleurs, une atmosphère traditionnelle, presque campagnarde, loin de l'agitation de la ville. Higgins commanda un repas typiquement britannique, comprenant un *kidney pie*, pâté à la viande et aux rognons, suivi d'une sole de Douvres et d'un Yorkshire pudding. L'*English House* possédait la particularité de réussir ces plats d'une manière remarquable. Leur goût était indéniablement relevé par un saint-émilion que le superintendant honora avec une grande ferveur. Au fur et à mesure que le repas se déroulait, Marlow oublia un peu l'enquête. Il apprécia tour à tour le moelleux du *kidney pie*, la tendresse de la sole et le parfum envoûtant du pudding. Le superintendant frôlait l'extase quand le maître d'hôtel lui parla discrètement à l'oreille.

– Votre véhicule émet un bruit bizarre, indiqua-t-il. Sans doute serait-il nécessaire que vous vous en occupiez.

Scott Marlow quitta la table pour se rendre jusqu'à la Bentley. Le téléphone de service grésillait. Irrité, il décrocha.

– Marlow à l'appareil... Où ça?... A l'église copte... Qui?... Un scandale? J'arrive tout de suite. Bouclez le quartier.

***

Higgins avait tenu à ne pas bâcler la fin du repas. Il n'avait quitté l'*English House*, malgré un Marlow trépignant, qu'après avoir adressé les félicitations d'usage au maître d'hôtel.

Quand il consentit enfin à s'asseoir dans la Bentley, le superintendant démarra en trombe.

– Cyrille Maskun a appelé le Yard, révéla-t-il à Higgins. Il était surexcité. Un grave attentat vient d'être commis dans l'église. Les coptes parlent d'un drame épouvantable, de persécution, de génocide... Que sais-je encore!

– Un nouveau cadavre?

– Je l'ignore. Les déclarations de Cyrille Maskun étaient si embrouillées que l'inspecteur de garde n'y a rien compris. Les hurlements du prêtre copte lui ont presque fait peur.

Un cordon de police bloqua la Bentley. Par bonheur, plusieurs policiers connaissaient l'ex-inspecteur-chef et le superintendant qui ne mirent que quelques minutes pour arriver devant l'église. Sur le seuil les attendait un Cyrille Maskun des plus agités.

– Pourquoi ne vous a-t-on pas prévenus plus tôt? se plaignit-il. Entrez immédiatement... Nous venons d'arrêter le coupable!

Scott Marlow ouvrit des yeux ébahis.

– En êtes-vous certain?

– Nous l'avons pris sur le fait. Suivez-moi.

Les trois hommes traversèrent rapidement l'église, passèrent devant l'iconostase et se dirigèrent vers la gauche. A l'extrémité d'un couloir faiblement éclairé, une trappe ouverte.

Higgins distingua une volée de marches s'enfonçant vers les profondeurs de la terre.

– Faut-il descendre? interrogea Scott Marlow qui avait horreur des exercices physiques.

Cyrille Maskun s'engagea le premier, dévalant les marches au risque de se rompre le cou. Higgins adopta une manière plus souple, redoutant le réveil de l'arthrose qui bloquait ses genoux. Le superintendant les suivit tant bien que mal, présentant son postérieur au vide et préservant son équilibre au prix d'un effort soutenu. Higgins aida son collègue à poser le pied sur le sol en terre battue d'une sorte de crypte au toit voûté. Deux grandes torches éclairaient une niche vide.

Au pied de celle-ci, l'évêque copte Makarius aux côtés d'une femme vêtue d'une robe noire. En s'approchant, Higgins constata qu'elle avait les pieds et les poings liés par des cordelettes. Scott Marlow s'indigna.

– Qu'est-ce que ça signifie? Libérez immédiatement cette personne! Vous n'avez pas le droit d'agir ainsi!

– C'est une voleuse, expliqua Mgr Makarius. Nous l'avons immobilisée afin de la remettre à la police. Prenez garde avant de la libérer. Elle est capable de vous filer entre les doigts.

Scott Marlow passa outre. Il délivra la femme. Cette dernière se tint prostrée et se cacha le visage dans les mains. Un voile noir lui couvrait la tête.

– Connaissez-vous cette personne? demanda Higgins.

– Elle s'appelle Aicha, révéla Cyrille Maskun.

– Lady Aicha Wainworth, précisa Mgr Makarius. Elle s'est convertie à la religion copte depuis plusieurs années.

– Que lui reprochez-vous?

Cyrille Maskun, les yeux enflammés de haine, se lança dans des explications enfiévrées.

– Depuis l'assassinat de l'Apa Shenouda, je dors mal. J'ai perçu des bruits, dans l'église, alors que je nettoyais des vases sacrés. J'ai préféré ne pas intervenir tout de suite et découvrir de qui il s'agissait. J'ai aperçu une forme noire qui se dirigeait vers la crypte. Je l'ai suivie et j'ai attendu qu'elle s'y engage. Quelques minutes se sont écoulées. J'ai entendu de véritables hurlements. Je suis allé chercher l'évêque et nous sommes descendus ensemble. Aicha se roulait par terre, comme une folle. Et la niche était vide.

– Que contenait-elle? interrogea Higgins.

– Une statuette en diorite provenant de la cité de Zagazig, en Basse Egypte, répondit Mgr Makarius. Une relique inestimable qui avait été confiée à cette église. C'est cette femme qui l'a volée.

– Impossible, estima le superintendant, puisque vous l'avez immobilisée ici!

– Elle revenait sûrement sur les lieux de son forfait, assura l'évêque.

– Mgr Makarius et moi-même nous sommes assoupis pendant plus d'une heure, ajouta Cyrille

Maskun avec fougue. Cela donnait largement le temps à cette femme de voler la statuette. Elle connaissait parfaitement les lieux.

– Y venait-elle souvent?

– Plusieurs fois par semaine, inspecteur.

– Taille et poids de la statuette?

– Cinquante centimètres environ et un peu plus de quatre kilos.

– Quels rites célébrait-on ici?

– Simple vénération de la puissance divine, répondit Mgr Makarius.

– Que représentait la statuette?

– La sainte mère du Seigneur.

Higgins fit quelques pas dans la crypte. Les murs de la pièce étaient nus. Une atmosphère oppressante régnait en ce lieu.

– Le superintendant Marlow va recueillir vos dépositions, dit Higgins en regardant l'évêque et le prêtre. Je vais procéder à l'interrogatoire de cette femme.

– Si vous me permettez de donner mon avis, déclara Mgr Makarius, c'est inutile. Sa culpabilité ne fait aucun doute. Elle seule pouvait voler la statue. Aucun copte n'aurait pu commettre un tel forfait sans encourir une damnation immédiate.

L'ex-inspecteur-chef ne fit aucun commentaire. Son attitude prouvait, à elle seule, qu'il ne reviendrait pas sur sa décision.

– Aicha n'est qu'une convertie, siffla Cyrille Maskun. Elle ne mérite aucune pitié.

Le superintendant poussa le jeune prêtre vers l'escalier.

– Sortons d'ici, ordonna-t-il. Vous allez me répéter ce que vous avez vu et entendu.

– Si Aicha a été capable de voler cette relique,

s'enflamma Cyrille Maskun, elle a pu assassiner l'Apa Shenouda.

– Remontons, ordonna sèchement Scott Marlow.

Le prêtre, au comble de l'énervement, grimpa rapidement. Mgr Makarius se montra beaucoup plus lent.

– Bonne chance, souhaita Marlow à son collègue, avant de regagner l'église à son tour.

La femme demeurait prostrée, aussi immobile qu'une statue.

– Vous n'avez rien à craindre de moi, Lady Aicha, dit Higgins d'une voix douce et grave. Vous semblez vous être placée dans une situation délicate. Je peux vous aider à en sortir, à condition que vous m'apportiez votre concours. Sachez que je n'ai aucune prévention à votre égard. En m'aidant à établir la vérité, vous vous disculperez vous-même. Etes-vous d'accord?

Lady Aicha Wainworth hocha la tête affirmativement.

– Vous êtes bien citoyenne britannique convertie à la religion copte?

– Oui, répondit-elle d'une voix aiguë.

– Depuis combien de temps?

– Plus de cinq ans... J'en ai trente-huit.

Lady Aicha Wainworth accepta enfin de laisser voir son visage, celui d'une femme charmante au nez pointu, aux pommettes légèrement saillantes. Le cou, long et fin, lui donnait une fragilité délicieuse.

– Pourquoi cette conversion?

– Parce que l'Eglise anglicane refusait de répondre à mes besoins.

– En étiez-vous bien sûre?

– Tout à fait.

Higgins se plaça de côté par rapport à Lady Wainworth, évitant de la regarder.

– Ces besoins... Pourriez-vous m'en préciser la nature?

La convertie soupira.

– Ce n'est pas facile.

– Je le comprends fort bien. Souhaitez-vous que nous parlions plutôt de la statuette?

– Elle est précisément liée à mes besoins, inspecteur. L'aviez-vous deviné?

– Certes pas. Comment cet objet pouvait-il vous donner de l'espoir?

Lady Aicha Wainworth avala sa salive.

– D'après les médecins, je n'aurai jamais d'enfant. Je refuse cette fatalité. En lisant un ouvrage sur les coptes, j'ai appris qu'ils disposaient de nombreux moyens magiques pour déclencher des grossesses. Je suis venue ici, sans avouer mes espoirs. J'ai affirmé ma foi et j'ai assisté à toutes les cérémonies, dans l'attente d'un miracle. Il ne s'est pas produit. J'allais renoncer quand j'ai été abordée par un jeune prêtre, Cyrille Maskun. Il m'a dit que certaines offrandes étaient nécessaires pour déclencher le pouvoir magique qui changeait la stérilité en fécondité. J'ai donné beaucoup d'argent. Il m'a enseigné de nombreuses prières et, une nuit, il m'a amenée dans cette crypte, en présence de la statuette.

– La Vierge?

– Non, une effigie antique. Une sorte d'Isis, avec un soleil sur la tête. Une œuvre très ancienne. Les femmes stériles devaient l'embrasser sur le ventre jusqu'à ce qu'elles tombent enceintes.

– Etait-il aisé de voir la statuette?

– Non, inspecteur. Il fallait attendre la nouvelle lune, donner une offrande, respecter le rite et souhaiter que la décision de Mgr Makarius fût favorable. Je n'étais pas la seule femme à espérer... Mais moi, je n'ai plus beaucoup de temps. Quand j'ai appris la mort tragique de l'Apa Shenouda, j'ai supposé qu'il régnerait une certaine confusion dans l'église et que je pourrais m'introduire dans la crypte sans être vue. Ce soir, j'ai réussi. Mais ma déception fut immense. J'ai cru devenir folle quand j'ai constaté que la statuette avait disparu. Désormais, je n'ai plus le moindre espoir...

– Pourquoi les coptes vous ont-ils accusée de vol?

– Je l'ignore... Ça les arrange sûrement. Pourtant, je n'ai jamais lésiné sur le montant des offrandes. Je suppose que l'un d'eux s'est approprié la statuette à des fins privées et qu'il tient à désigner rapidement un coupable pour détourner les soupçons. Comme je connais parfaitement cette église, je fais une victime de choix.

Higgins se pencha vers la convertie.

– En venant ici, vous n'aviez donc pas l'intention de dérober cette statuette?

Lady Aicha Wainworth leva vers l'ex-inspecteur-chef de jolis yeux marron remplis d'indignation.

– Bien sûr que non... Je voulais en profiter toute seule, loin de la présence de ces coptes... J'ai parfois eu l'impression que leurs regards, lorsqu'ils se posaient sur moi, n'étaient pas aussi purs qu'ils auraient dû l'être.

Elle se leva, la tête toujours couverte du voile noir qui la faisait ressembler à l'une de ces paysannes égyptiennes qui portaient le deuil de Jésus lequel, après la conquête arabe, s'était effacé au profit du prophète Mahomet. Mais la robe sombre, elle, était restée.

– Si vous supposez un seul instant que j'aie pu dérober cette statuette et la cacher chez moi, je vous invite à perquisitionner sur-le-champ.

– Entendu, répondit Higgins souriant.

CHAPITRE 9

Mgr Makarius et Cyrille Maskun se tenaient de part et d'autre de la porte de l'église, tels deux gardiens du seuil. A l'extérieur, le superintendant Marlow discutait avec des policiers en uniforme.

– A-t-elle avoué? demanda Cyrille Maskun, agressif.

– Pas encore, répondit Higgins qui tenait par le bras Lady Aicha Wainworth.

– Quand notre statue nous sera-t-elle restituée? demanda Mgr Makarius.

– L'interrogatoire de Lady Wainworth n'est pas terminé, indiqua l'ex-inspecteur-chef. Dès que nous aurons obtenu les éclaircissements nécessaires, je vous en ferai part.

– J'y compte bien, dit l'évêque copte, moins onctueux qu'à l'ordinaire. Notre petite communauté commence à se sentir persécutée. Elle ne restera plus longtemps sans agir.

– Peut-être a-t-elle raison, estima Higgins, énigmatique. Ce qui est regrettable, c'est qu'elle me cache une bonne partie de la vérité, sinon la vérité elle-même.

– Inspecteur, comment...

– Ne proférez pas le moindre mensonge, Monseigneur. Ce serait un péché contre l'esprit. Dieu veille du plus haut des cieux. Rien ne lui échappe, disent les Ecritures. J'espère qu'il me fera partager un peu de son omniscience.

Laissant les deux religieux coptes interdits et vaguement scandalisés, Higgins fit monter Lady Aicha Wainworth dans la Bentley du superintendant qui, quelques instants après, s'installa au volant.

– Nous venons de passer à côté d'une catastrophe, révéla-t-il. La communauté copte a déjà appris le vol de la statue. Une manifestation s'est organisée à Kensington Gardens. Heureusement, le révérend Henry Dickens a fait une déclaration apaisante, annonçant que la police était sur le point d'arrêter le coupable. Nous vivons sur un volcan, Higgins. Cela ne peut plus durer.

– Avec un peu de chance, nous disposons encore d'une marge de manœuvre. Où devons-nous vous conduire, Lady Aicha?

– Pelham Crescent.

« Décidément, pensa Higgins, on ne sort guère de Kensington. »

Le mystère semblait s'être emparé de ce quartier plutôt austère, sanctuaire des traditions, aux longues avenues bordées de maisons blanches à colonnades. Higgins se rendait une ou deux fois l'an à la Société royale de Géographie, fondée en 1873, qui conservait avec amour les carnets de route du grand explorateur Livingstone. Que de trésors cachés dans le Victoria et Albert Museum, allant des tableaux de Constable au mobilier et aux tapisseries en passant par des objets d'Extrême-Orient; que de souvenirs de brillants travaux dans les salles du Collège royal des Arts et du Collège impérial de Sciences et de Technologie.

Au cœur de Kensington trônait le fameux Albert Hall, construit en 1871 pour illustrer la magnificence de la culture victorienne. Là avaient résonné les harmonies des concerts de fin d'été, où l'on jouait le réjouissant Haendel, le délicat Mendelssohn et le bruyant Malher. Ce temple de brique, voué au rayonnement des arts et des sciences, remplissait de bien curieuses vocations en accueillant tantôt des ballets, tantôt des compétitions de lutte ou des matches de boxe. La vieille Angleterre ne reculait devant aucun paradoxe.

Le très résidentiel Kensington avait dû laisser pénétrer à l'intérieur de ses frontières quelques roturiers qui avaient acheté des hôtels particuliers autrefois animés par des réceptions aussi fastueuses que feutrées. Des habitations modernes commençaient à défigurer certaines rues. Ce n'était pas le cas de Pelham Crescent, artère en demi-cercle donnant sur un jardin. Les maisons blanches comprenaient deux étages, le premier étant orné d'un petit balcon en fer forgé. Au sommet, une exquise balustrade. Devant chaque entrée, une grille. Rythmant les trottoirs, des becs de gaz.

La voiture s'arrêta devant la demeure des Wainworth. L'endroit était d'un calme parfait. Seul se promenait un vieil aristocrate qui tenait en laisse un schnauzer poivre et sel de taille moyenne.

– Cette visite ne s'imposait pas, acquiesça Lady Aicha.

– Comment refuser une aussi charmante invitation? questionna Higgins.

– Méfiez-vous de ces coptes, inspecteur. S'ils vous trouvent gênants, ils pourraient bien vous envoûter et vous empêcher de poursuivre votre enquête.

– Beaucoup ont déjà essayé. Par chance, je connais un peu l'Orient. De vous à moi, sa magie ne m'effraie pas trop. Je connais quelques antidotes.

Lady Aicha regarda Higgins avec quelque effroi.

– Ne seriez-vous pas copte?

– Seulement un serviteur du Yard, Milady. Croyez-vous à la culpabilité d'un des coptes que vous connaissez? L'un d'eux vous est-il apparu comme un criminel en puissance?

La convertie avait gardé le voile rabattu sur son visage. L'ex-inspecteur-chef ne pouvait distinguer ses yeux.

– Ils ne s'aiment peut-être pas beaucoup entre eux... Il y a des rivalités... De là à envisager un crime... Cyrille Maskun est un peu fou, trop exalté, mais c'est un croyant sincère. Il est plus effrayant que dangereux. Mgr Makarius est rusé, sournois, un peu vénal, mais profondément pacifique. Vous faites fausse route, à mon avis.

– Pardonnez mon impertinence, dit Higgins gêné. N'avez-vous pas eu l'impression, parfois, d'être... flouée?

Lady Wainworth souleva son voile et regarda l'ex-inspecteur-chef dans les yeux.

– Sûrement pas! Quelquefois, c'est vrai, j'ai manqué de foi. J'ai eu tort et je m'en suis repentie. Mgr Makarius m'a accordé sa bénédiction dans ces moments difficiles. Si je peux encore toucher la statuette trois ou quatre fois, je deviendrai féconde. Les textes coptes ne mentent pas. D'ailleurs, je ne suis pas la seule Occidentale à en être persuadée.

Higgins fut intrigué, mais ne laissa rien paraître.

– Avez-vous vu une femme?

– Oui, une fois à la sortie de la crypte. Elle portait un voile mais le tenait maladroitement, comme quelqu'un qui n'a pas l'habitude d'en porter. Ce n'était pas une copte.

– Avez-vous parlé d'elle à Mgr Makarius et à Cyrille Maskun?

– Aux deux.

– Qu'ont-ils répondu?

– La même chose : que je m'étais trompée. Aucune étrangère ne peut avoir accès à la statue. Et je suis l'unique convertie.

– Vous ont-ils convaincue?

– Non. Mais ce n'est qu'un détail sans importance.

– Sans doute, admit Higgins, détaché.

– Tenez-vous toujours à cette... perquisition?

– J'aimerais connaître le cadre où vous vivez.

– A votre guise. Mais je vous préviens, c'est sans intérêt.

Lady Wainworth descendit de la Bentley et claqua violemment la portière. La vieille voiture gémit. Scott Marlow marmonna quelques mots que Higgins fut heureux de ne pas entendre. Garder son sang-froid dans les pires circonstances, n'était-ce pas le devoir d'un officier supérieur du Yard?

La porte de l'hôtel particulier des Wainworth n'était pas fermée. Lady Aicha s'engouffra dans un couloir tapissé de rouge vif. Les deux policiers la suivirent sans y avoir été invités. Ils débouchèrent dans un vaste salon où un homme d'une cinquantaine d'années, vêtu d'une robe de chambre verte s'arrêtant au-dessus des genoux, jouait au clavecin une suite de Haendel.

– Enfin, vous voilà! dit-il en s'adressant à Lady Aicha. D'où venez-vous, à cette heure-là?

– De l'église, comme d'habitude.

– Une sinistre habitude. Nous avons pourtant de superbes cathédrales, en Angleterre, et de non moins splendides évêques. L'attrait de l'Orient, je suppose.

– Supposez ce que vous voulez, mon cher. Je n'y attache pas la moindre importance.

– Sachez que je le sais et que je m'y habitue. Puis-je néanmoins vous offrir un whisky?

– Je suis en période de pénitence. Ni alcool, ni excès d'aucun ordre. Vous l'admettrez avec tolérance.

– Existe-t-il une autre solution?

Higgins et Scott Marlow assistaient à cet entretien sans sourciller. N'ayant pas été présentés à Lord Wainworth, ils n'avaient encore aucune place dans son univers.

Le salon des Wainworth était d'un absolu classicisme, comme le reste de la demeure. Un courtisan de la reine Victoria aurait pu y pénétrer sans être dépaysé.

– A propos, mon cher... Voici des inspecteurs de Scotland Yard qui viennent perquisitionner.

Lord Wainworth abandonna son instrument et fit face aux policiers.

– Enchanté, messieurs. Permettez-moi de me présenter : Lord Jonathan Wainworth, baronnet de Monmouth. A qui ai-je l'honneur?

– Superintendant Marlow et ex-inspecteur-chef Higgins, dit ce dernier. Nous enquêtons sur le meurtre de l'Apa Shenouda et sur le vol de la statuette de Zagazig.

– Si je ne m'abuse, voici le Yard immergé dans les coptitudes de mon épouse. Vous prendrez bien un whisky? Il provient de ma fabrique personnelle, dans les Highlands.

– Désolé, répondit Higgins, au grand dam de Scott Marlow. Nous aimerions voir les appartements privés de votre épouse, si vous nous y autorisez.

– Hélas, messieurs, je n'ai plus la moindre autorité sur celle qui est devenue Aicha! Son vrai prénom est Margaret, vous rendez-vous compte?

– N'importunez pas Scotland Yard, mon ami. Ces messieurs ont du travail. Ma pièce copte leur est ouverte.

Lady Aicha Wainworth guida les deux hommes jusqu'à une chambre meublée à l'orientale : coussins brodés de couleurs vives, tapis chamarrés, tables basses, plats d'or et d'argent, narguilés. Etalés sur le sol, des livres de magie écrits en caractères coptes.

Higgins se baissa, ramassa l'un d'eux et le feuilleta.

– Une Apocalypse Secrète de Jean, conclut-il.

– Vous... vous êtes capable de lire ce texte? s'étonna Lady Aicha.

– Pas vraiment, reconnut l'ex-inspecteur-chef. J'en ai reconnu le début. Il a été cité par l'archéologue Flinders Petrie qui était un ami de mon grand-père. A première vue, la statuette de Zagazig n'est pas ici.

– Je n'avais aucune raison de la voler.

– L'avoir en permanence à votre disposition n'était-il pas essentiel?

– Pas le moins du monde. Hors de la crypte, la statuette perdait ses pouvoirs. Le voleur ne connaît rien à la magie copte. Il a commis une grave erreur. Souhaitez-vous inspecter le reste de la demeure?

– Pas pour le moment, répondit Higgins. Vous nous avez convaincus de votre bonne foi. Comptez-vous vous rendre de nouveau à l'église copte?

– Bien sûr, inspecteur. Je les persuaderai qu'ils se trompent à mon sujet et je les aiderai à retrouver la statuette.

La convertie bâilla avec cette distinction suprême qui embellit les gestes les plus ordinaires d'une lady, fût-elle devenue adepte d'une religion étrangère.

– Cette journée a dû vous épuiser... Que la nuit vous soit favorable.

***

Lord Jonathan Wainworth avait servi trois whiskies. De taille moyenne, dépourvu de tout signe particulier, il avait un accent oxfordien qu'un ancien de Cambridge, comme Higgins, ne pouvait apprécier qu'avec modération.

– Cette fois, messieurs, vous ne me refuserez pas ce nectar. Votre travail est terminé, je présume?

– Hélas, Sir, objecta Higgins, nous sommes encore loin du but.

– Mon épouse est-elle hors de cause?

– Nous l'espérons tous. L'enquête ne fait que débuter.

– Par saint George, quelles embrouilles! Pourquoi donc ma chère Margaret s'est-elle embarquée dans cette galère? Mon amour pour Haendel et la musique de clavecin ne me rend pas complètement aveugle, inspecteur. J'ai eu la chance de naître noble. Les coptes en profitent. Ma pauvre Margaret ne peut pas avoir d'enfant. Ça lui a gâté les humeurs et chamboulé les idées. Moi, ça ne me gêne pas de ne pas avoir d'héritier. En vérité, ça fait beaucoup d'ennuis en moins. Les enfants sont bruyants et indisciplinés. Ils abîment les beaux meubles et cassent les objets les plus rares. Un vieux couple sans enfants a une chance inestimable. Pauvre Margaret... Elle n'a pas compris son bonheur.

– Avez-vous rencontré les dignitaires coptes? demanda Scott Marlow.

Lord Jonathan Wainworth eut une moue de dégoût.

– Je ne fraye pas avec ces gens-là, superintendant. Je me suis contenté de leur faire un procès pour escroquerie, malgré le désaccord violent de ma pauvre Margaret. Les coptes ont décidé de la dépouiller de tous ses biens. Les marchands ont bien envahi les temples, ici comme ailleurs... ce sont de vils trafiquants de magie noire. Que cet Apa Shenouda soit mort brûlé vif me réconforte. J'espère que ses coreligionnaires auront le même sort.

Higgins, mains croisées derrière le dos, fit quelques pas. Il ne nota rien d'insolite dans ce cadre austère et pompeux où Lord Jonathan Wainworth s'éteindrait doucement.

– Pour vous éviter de me poser la question, continua ce dernier, je vous indique que dimanche soir, à l'heure du crime indiquée dans les journaux, je me trouvais à mon club en compagnie de trois amis dont voici les noms et les numéros de téléphone.

Lord Wainworth griffonna les renseignements

sur une carte de visite qu'il remit à Scott Marlow.

– Nous vérifierons, affirma ce dernier.

– Qui dispose de la fortune? demanda Higgins, d'une voix calme.

– Je vous ai déclaré que j'avais eu la chance de naître noble et...

– Je ne parle pas de noblesse mais d'argent, rectifia Higgins. C'est sans doute votre épouse qui détient le patrimoine. Sinon, vous lui interdiriez de le dilapider.

Lord Wainworth vida son verre et s'en resservit un autre.

– Bien jugé, inspecteur. Notre existence est ainsi faite. Margaret aurait pu être une épouse normale s'il n'y avait pas eu cette malencontreuse stérilité. Je ne désespère pas de la ramener un jour à la raison. Pour le moment, je suis pieds et poings liés. Aicha est une vraie croyante qui ira jusqu'au bout de ses superstitions. Personne ne pourra l'en empêcher.

Higgins leva les yeux vers le plafond, orné de moulures compliquées représentant des rinceaux de vigne.

– J'ai le sentiment, Lord Wainworth, que vous ne voyez pas souvent votre épouse.

– Ses séjours à l'église sont de plus en plus fréquents, en effet.

– Pardonnez-moi une question indiscrète : êtes-vous certain de la fidélité de votre épouse?

Lord Wainworth leva les bras au ciel.

– Certes, oui! Aicha est bien trop soucieuse d'elle-même pour se préoccuper d'un autre homme. Je suis son dernier pôle d'équilibre dans un monde normal qu'elle fréquente de moins en moins. Nous faisons chambre à part depuis qu'elle a le droit de toucher la statue. Pour que la magie fonctionne, elle doit rester chaste. Heureusement, il me reste le whisky.

Lord Wainworth se laissa tomber dans un fauteuil de cuir, le verre à la main. Il semblait avoir épuisé son énergie. Devenus fixes, ses yeux étaient orientés vers un avenir des plus incertains.

Higgins et Marlow sortirent de l'hôtel particulier en silence.

*
**

– Curieux bonhomme, estima le superintendant. Complètement enfermé dans sa solitude. J'ai la certitude qu'il n'a joué aucun rôle dans cette affaire.

– C'est aussi mon sentiment, dit Higgins. Vérifiez quand même son alibi.

– Je m'en occupe. Où souhaitez-vous que je vous accompagne?

– Près de l'église copte. Une intuition à vérifier.

– Avez-vous besoin de moi?

– Vous pouvez rentrer au Yard, mon cher Marlow. Il y a certainement des rapports à examiner.

Le superintendant était soulagé. Il redoutait une note confidentielle de la Couronne et comptait passer la nuit à son bureau pour mettre ses idées au clair et rédiger des notes de service en retard. Cela lui détendrait les nerfs.

Il était un peu plus de 11 heures quand Higgins, le dos appuyé contre un mur plongé dans l'obscurité, commença à observer l'entrée de l'église copte.

CHAPITRE 10

Higgins, au naturel plutôt patient, n'avait plus l'âge de ces longues attentes nocturnes au cours desquelles un enquêteur consciencieux espère voir se dérouler un événement important, se dévoiler un suspect ou un coupable. Ni le froid ni le vent ne le gênaient. Au contraire, ils lui ôtaient tout sentiment de fatigue. S'il n'y avait pas eu les douleurs arthritiques enflammant ses genoux, l'ex-inspecteur-chef aurait cru posséder toute la vigueur de la jeunesse.

Higgins, mû par un étrange instinct, savait qu'il ne perdait pas son temps. Les prêtres coptes, qui semblaient ne jamais sortir de leur église, devaient avoir un contact avec l'extérieur. Un contact suffisamment discret pour échapper à la surveillance policière et se faufiler sans être vu. Un contact qui devait connaître les heures magiques coptes et savoir qu'entre 22 h 30 et 23 h 30, le moment était propice à la circulation des esprits.

A 23 h 10 apparut une frêle silhouette progressant avec rapidité.

Une femme portant des objets enveloppés dans un linge blanc. Elle frappa deux fois à la porte de l'église, attendit, frappa deux autres coups. Cyrille

Maskun ouvrit et prit le fardeau. Elle et lui échangèrent quelques mots, puis la jeune fille repartit en sens inverse.

Elle sursauta quand Higgins vint à sa hauteur.

– Ne craignez rien, mademoiselle. Je suis Higgins, de Scotland Yard. Simple vérification d'identité. Qui êtes-vous?

– Je... Je m'appelle Marie... Je suis la fille de Macaire, l'apothicaire copte.

Marie n'avait pas vingt ans. Elle était très brune, plutôt jolie. Ses longs cheveux noirs descendaient en cascade sur ses épaules. Vêtue d'un pantalon noir et d'un corsage rouge, elle ne ressemblait guère à une femme copte traditionnelle. Elle ne portait ni bracelets ni bagues. Une seule explication à cela : quand une copte ôtait tous ses bijoux d'or et d'argent et dénouait ses cheveux, c'était pour empêcher un esprit étranger de descendre en elle et de s'emparer de son âme. Marie devait se méfier de quelqu'un et avait pris les précautions magiques qui s'imposaient.

– Qu'avez-vous apporté à Cyrille Maskun?

– Un talisman.

– Un texte magique?

– Oui, inspecteur.

– Lequel?

– Je suis tenue au secret, inspecteur.

– Pas dans une affaire de meurtre, mademoiselle. L'Apa Shenouda a été sauvagement assassiné. Sa vie, comme toute existence, était un défi à l'invisible, une tentative d'inscrire son génie propre sur un tableau immaculé. Un assassin est un être assez lâche pour souiller et détruire avant de se réfugier dans les ténèbres. Quiconque lui vient en aide ne vaut pas mieux que lui.

Les paroles de l'ex-inspecteur-chef ébranlèrent la jeune femme.

– Le talisman est un morceau de papyrus écrit avec de l'encre composée d'eau de rose, de safran et de musc. C'est mon père qui l'a préparé. Cyrille Maskun le portera sur sa poitrine toute la nuit. Comme il est en période de jeûne, il ne consomme ni pain ni eau. Sans le talisman, il serait une proie facile pour les démons.

Le ciel de Londres, après quelques heures d'accalmie, se faisait à nouveau menaçant. Un vent violent s'était levé, soulevant l'abondante chevelure de Marie.

– Vous trouviez-vous dans l'église, lors de la mort de l'Apa Shenouda? demanda Higgins.

– Je n'ai rien vu et je ne sais rien. C'est une position normale pour une femme, chez les coptes.

– Vous êtes bien amère... Ne seriez-vous pas une adepte convaincue de la force de la religion?

– On le dit. Il faut laisser parler les gens. Les ragots ne me gênent pas.

– D'après les premières conclusions de l'enquête, deux personnes auraient transporté le corps de l'Apa Shenouda et l'auraient monté sur le toit pour le brûler. N'avez-vous réellement rien vu?

– Rien d'aussi important...

– Ce qui signifie, mademoiselle, que vous connaissez certains détails. Dans votre fonction de messagère, quoi de plus naturel?

Marie était crispée, presque inquiète. Higgins sentait qu'elle détenait des informations qui pourraient se révéler essentielles. Agir en douceur n'était pas forcément la meilleure des solutions. La jeune femme avait du tempérament. A son âge, le jeu des nuances n'était guère praticable. Mieux valait un affrontement direct.

– Vous devez voir beaucoup de gens et observer beaucoup de situations, mademoiselle. Que s'est-il passé le jour de la mort de l'Apa Shenouda ?

– Rien de particulier. Un dimanche religieux comme les autres.

– Etes-vous venue à l'église?

– A plusieurs reprises. Des produits à livrer pour les rituels. De l'encens, surtout. Les prêtres n'en ont jamais assez. Je suis à la disposition de mon père.

Le ton s'était fait agressif.

– Avec quelque regret, semble-t-il.

– Pour le moment, je n'ai pas trouvé d'autre travail.

– Qui se tenait dans l'église, ce jour-là?

– Mgr Makarius, Cyrille Maskun, mon père. L'Apa Shenouda lui-même. Ils avaient une réunion de travail.

– Comment jugiez-vous l'Apa Shenouda?

– Drôle de personnage... Très impressionnant. Il ne m'a jamais adressé la parole. Une femme, pour lui, ça n'avait aucune importance.

– Votre père vous a-t-il parlé de la séance de négociation entre coptes et anglicans?

– Non. Il ne me parle jamais de rien. Il se contente de me donner des ordres et de me payer. Pour lui, une fille doit être docile et silencieuse. Sinon, c'est une créature du diable.

– Vous n'avez donc jamais rencontré le révérend Henry Dickens et son assistante Abigail Westermore?

Marie haussa les épaules, comme si le seul énoncé de cette hypothèse était absurde.

– Vous ne m'aidez pas beaucoup, mademoiselle... Comment pourrais-je admettre qu'il ne s'est produit aucun incident pendant ce sinistre dimanche?

– C'est pourtant ainsi, inspecteur. Je n'ai pas le droit d'inventer des fables pour vous faire plaisir.

– Réfléchissez bien, mademoiselle. Le moindre détail peut m'être très utile.

Marie ralentit sa marche. Bien que la nuit fût sombre, Higgins constata que les traits du visage de la jeune femme se durcissaient.

– Il y a bien eu un incident qui a perturbé l'atmosphère feutrée de l'église... Une espèce de folle, une lady anglaise convertie qui se fait appeler Aicha, a fait irruption pour voir l'Apa Shenouda. Elle avait absolument besoin de lui parler. Cyrille Maskun l'a éconduite avec vigueur.

– Que savez-vous de cette Aicha?

– Je crois qu'elle est stérile et qu'elle cherche à avoir un enfant par n'importe quel moyen. Elle a versé beaucoup d'argent à Mgr Makarius. Dans l'église, elle criait comme une démente. Elle accusait l'Apa Shenouda d'être la cause de tous ses malheurs. D'après elle, il lui aurait jeté un sort dont lui seul pouvait la délivrer. Cyrille Maskun l'a vivement sermonnée en lui ordonnant de se taire et de ne plus proférer de telles idioties.

– Connaissez-vous l'existence de la statue de Zagazig?

– Bien sûr.

– Croyez-vous à ses pouvoirs, mademoiselle?

– Vous plaisantez, inspecteur? Une supercherie copte de plus.

– Aicha était-elle la seule étrangère à pouvoir la toucher?

– Aicha n'était plus une étrangère mais une copte. Sa conversion lui donnait le droit de descendre dans la crypte et de toucher la statue.

– N'avez-vous vu aucune autre femme n'appartenant pas à la religion copte disposer de ce privilège?

– Impossible, inspecteur. Mgr Makarius est sans doute un peu vénal, mais il n'oserait pas enfreindre les lois religieuses.

– Aviez-vous entendu parler de menaces concernant l'Apa Shenouda?

– Honnêtement, non. Tout le monde le craignait et le révérait. Qui aurait-il pu gêner, sinon les anglicans?

– Aucun autre détail, mademoiselle?

Marie réfléchit quelques instants.

– Cette fois, inspecteur, je vous ai tout dit.

– Sauf une petite chose : où avez-vous passé la nuit de dimanche à lundi?

– Dans mon lit. Toute seule, si vous tenez à le savoir. Je juge les garçons de mon âge à peu près aussi stupides que les vieux coptes. Quand je serai vraiment libre de mon destin, je songerai peut-être à me marier.

– Je vous souhaite beaucoup de bonheur, mademoiselle. En l'attendant, passez une bonne nuit et ne quittez pas Londres. Nous nous reverrons certainement.

Pincée, Marie s'éloigna rapidement. Higgins prit des notes sur son carnet noir dont les pages commençaient à se remplir. Elucider les circonstances réelles du meurtre de l'Apa Shenouda ne s'annonçait pas facile. Quant à désigner le coupable, il ne fallait point encore y songer, tant les zones d'ombre demeuraient épaisses et nombreuses.

Demain serait un autre jour.

*
**

Higgins commença sa journée par un coup de téléphone à l'un de ses vieux amis, le docteur Stanley, l'un des plus éminents praticiens de la capitale. Riche et célèbre, le docteur Stanley éprouvait une véritable passion pour les enquêtes policières. Avoir Higgins en ligne constituait pour lui un authentique régal. En échange des renseignements qu'il offrait à l'ex-inspecteur-chef, il aimait découvrir le dessous des cartes dont le grand public n'était jamais informé.

– Cela m'ennuie de te demander cela, dit Higgins, mais j'aimerais savoir si tu connais une certaine Lady Margaret Wainworth.

– Celle qui s'est convertie à la religion copte? Elle a consulté tous les gynécologues de Londres avant de s'enfoncer dans la magie. Plusieurs de mes collègues m'en ont parlé. Ils la jugent à peu près folle.

– Est-elle réellement stérile?

– Définitivement, mon cher Higgins. Pas besoin de trahir le secret médical pour te l'aprendre. Elle a montré elle-même ses résultats d'analyse à des dizaines de personnes. A propos... Si tu t'occupes d'elle, c'est que tu es sur l'affaire de ce copte qui vient d'être brûlé! C'est bien ça? Quel scandale... Encore une de ces enquêtes impossibles comme je les aime!

– Pas de conclusions hâtives, recommanda Higgins.

***

La pluie fine qui tombait sur Londres, doublée d'une température de dix degrés, convenait à merveille à Higgins. Se déplaçant sans la moindre fatigue et avec une surprenante vélocité, l'ex-inspecteur-chef se rendit au bureau du superintendant Marlow. Ce dernier ne jurait que par le modernisme, persuadé que la police moderne, pour être efficace, devait se pratiquer dans un cadre de béton et d'acier, en faisant appel aux technologies les plus avancées. Il désapprouvait l'archaïsme des méthodes utilisées par Higgins mais demeurait fasciné par le flair de son collègue.

Sur le bureau du superintendant, une tasse de thé. Higgins comprit aussitôt que le moral de Scott Marlow n'était pas au beau fixe.

– Rien ne va plus, Higgins. La Couronne s'impatiente. Le grand patron du Yard aussi. Une nouvelle manifestation des coptes est prévue pour l'après-midi. On m'accuse de mollesse.

– Soyez insensible au blâme comme à la louange, mon cher Marlow. C'est le meilleur moyen de vivre heureux.

– Facile à dire... J'ai vérifié l'alibi de Sir Wainworth. Il n'a pas menti. Il est arrivé à son club dimanche à 16 h 30 et ne l'a quitté que vers 1 heure du matin, après avoir bu un nombre considérable de whiskies. Il y a une dizaine de témoins. Lord Jonathan Wainworth est complètement hors de cause. Pourtant, il détestait les coptes. Un excellent coupable... Mais un lord. D'une certaine manière, mieux vaut qu'il soit innocent. Avez-vous avancé dans vos investigations?

– Hélas non, superintendant.

Le regard de Scott Marlow devint presque pitoyable.

– Me cacheriez-vous quelque chose, Higgins?

– Certes pas, mon cher Marlow.

– La nuit dernière, n'avez-vous pas rencontré un témoin?

– Une jeune femme, en effet. Marie, la fille de l'apothicaire.

L'œil du superintendant s'alluma.

– Est-elle mêlée au crime d'une manière ou d'une autre?

– Aucune preuve dans ce sens.

– Si vous l'avez interrogée, vous aviez des soupçons...

– Je pensais qu'elle détenait peut-être une information capitale.

– Et vous l'avez obtenue, bien entendu.

– A vous de juger, superintendant. Lady Aicha Wainworth a eu une attitude curieuse le jour du crime. Elle a voulu voir l'Apa Shenouda qu'elle semblait détester.

Scott Marlow se leva, souriant.

– Voilà qui est passionnant! Cette femme est venue menacer sa future victime. Ne parvenant pas à s'entretenir avec l'Apa Shenouda, elle a décidé de le tuer d'une manière barbare. Le motif? Se débarrasser d'un maléfice, sans doute.

– Théorie intéressante, reconnut Higgins. Il nous faut encore trouver un complice. Elle n'a pu porter seule le cadavre de l'Apa Shenouda.

– Peut-être a-t-elle réussi à le persuader de monter sur le toit de l'église. Une fois là-haut, elle l'a tué puis organisé sa macabre mise en scène.

Higgins ne semblait pas convaincu.

– Je vois mal une femme comme Lady Aicha manipuler le corps d'un colosse. Elle n'a pas assez de puissance physique...

Scott Marlow se sentit à nouveau déprimé.

– Je crains que vous n'ayez raison... Mais il y a une autre solution satisfaisante. Lady Aicha fut l'instrument utilisé par Mgr Makarius et Cyrille Maskun. Ils l'ont manipulée pour se débarrasser de leur supérieur sans agir eux-mêmes. Cela expliquerait pourquoi elle a pu circuler facilement dans l'église.

– Remarquable reconstitution, mon cher Marlow, mais elle est incompatible avec le témoignage de Marie.

– Pourquoi donc?

– D'après elle, Cyrille Maskun a vigoureusement éconduit Lady Aicha.

– Comédie, objecta Scott Marlow. Il a tenté de donner le change. Marie s'est laissé prendre au piège.

Le superintendant attendait une réaction de la part de son collègue, mais celui-ci garda un visage indéchiffrable.

– Travaillons dans ce sens, insista Marlow. Nous obtiendrons des résultats probants.

– Entendu, dit Higgins. Je vais me promener.

Le superintendant crut avoir mal entendu.

– Pardon?

– Le temps est délicieux ce matin. Il faut savoir profiter des bons moments.

CHAPITRE 11

Higgins aurait aimé flâner quelques heures dans les salles du British Museum et fréquenter quelques chefs-d'œuvre ayant échappé au temps et à la folie destructrice des hommes. Résistant à ce désir pourtant légitime, il s'engagea dans Coptic Street et pénétra dans une petite boutique à la façade peinte en vert. Dans la vitrine, des bocaux remplis de plantes séchées.

Lorsque la porte s'ouvrit, des grelots s'agitèrent. A l'intérieur régnait une forte odeur d'encens.

Higgins patienta une longue minute, songeant aux temples orientaux qu'il avait visités dans sa jeunesse. Il y avait goûté ce silence parfumé, héritage de longs siècles de prière et de méditation. Il s'attendait presque à voir surgir un bonze vêtu d'une robe safran.

Ce fut Macaire qui apparut.

– Inspecteur... quelle bonne surprise! Je suis ravi de vous accueillir.

Higgins examina les plantes médicinales contenues dans des vases et des coupes.

– Vous êtes un remarquable apothicaire, jugea-t-il.

– Une tradition transmise de père en fils... Je me suis contenté d'écouter.

– Votre oreille était excellente.

– Je ne suis que l'instrument du Seigneur, inspecteur. Dieu est le Premier et le Dernier, le Visible et l'Invisible, celui qui connaît toute chose. Parfois, il consent à nous révéler ce qui est caché. Il déverrouille une porte. A nous de savoir la pousser.

– Cela a dû vous arriver souvent, monsieur Macaire.

– Je ne suis qu'un humble apothicaire, inspecteur. Les révélations sont réservées à des religieux comme Mgr Makarius ou Cyrille Maskun.

– Ce n'est pas mon avis, objecta Higgins. Pourrais-je voir votre arrière-boutique?

– Bien entendu... Faites attention. C'est très encombré. Il y a des bocaux partout.

– Je ne dérangerai rien.

Higgins découvrit quatre petites pièces : une remise, une cuisine et deux chambres où dormaient Macaire et sa fille. L'ensemble était coquet et propre, en dépit d'une pauvreté discrète. L'ex-inspecteur-chef fouilla du regard mais ne vit pas la statuette de Zagazig.

– Vous devez être au courant du vol commis dans votre église.

– J'en ai entendu parler, en effet. C'est tout à fait lamentable. Ce monde moderne ne respecte plus aucune valeur.

– Bien entendu, vous n'avez aucune idée sur l'identité du voleur.

– Comment pourrais-je en avoir une? De tels forfaits me soulèvent le cœur. J'espère que vous aiderez notre communauté à trouver le coupable.

– Sans aucun doute, monsieur Macaire.

Le petit homme arbora un visage triste.

– Pensiez-vous découvrir chez moi cette statuette?

– Bien sûr que non, répondit Higgins avec un bon sourire. Je souhaitais simplement mieux vous connaître. Votre personnalité m'intrigue. Vous jouez admirablement votre rôle, mais c'est un rôle.

Macaire passa les doigts dans sa barbe.

– Nous pourrions en parler ailleurs... je dois me rendre au jardin des apothicaires, à Chelsea. Il me faut de l'écorce de cèdre pour la préparation d'une potion.

– Permettez-moi de vous offrir un taxi, proposa Higgins.

Macaire accepta.

Les deux hommes, une fois arrivés dans le petit paradis créé au bord de la Tamise par le docteur Hans Sloane, également à l'origine du British Museum, marchèrent en silence dans les allées du jardin des apothicaires. Là, des milliers de variétés de plantes et d'arbustes répandaient des odeurs suaves et, selon les vœux de son fondateur, témoignaient « de la gloire, de la puissance et de la sagesse de Dieu dans les œuvres de la création ». En 1683 avaient été plantés les premiers cèdres s'accoutumant à la terre anglaise. De l'illustre jardin avaient été expédiées vers les Etats-Unis, en 1732, les premières graines de coton qui avaient rapidement donné naissance à une formidable industrie.

– C'est le plus bel endroit de Londres, dit Macaire. J'aime aussi beaucoup le musée d'Histoire naturelle. Son style byzantin me séduit. Savez-vous qu'il contient une collection de plus de deux cent cinquante mille papillons et une baleine bleue de cent vingt tonnes?

– Je suis allé quelquefois l'admirer. C'est une bête très sympathique. Sa beauté console de bien des imperfections humaines.

– Nous sommes en accord sur bien des sujets, inspecteur. Admettez que l'homme peut être grand s'il tourne ses regards vers Dieu.

– La femme aussi, je suppose... Votre fille Marie semble mal à l'aise dans la fonction que vous lui avez confiée.

– Mal à l'aise? Pourquoi donc?

– Elle ne montre guère d'enthousiasme pour la religion copte et semble lasse de jouer les messagères entre votre magasin et l'église.

Macaire ne cacha pas sa contrariété.

– Ma fille a un caractère difficile... Elle est contaminée par les idées modernistes, c'est vrai. Nous ne nous entendons pas très bien. J'ai même peur que ses principes moraux soient vacillants. Que puis-je faire? Je suis vieux, elle est jeune. Nous nous disputons souvent. Ces discussions m'épuisent. Bientôt, elle s'en ira et elle m'oubliera. Elle ne cesse de me critiquer et de m'attaquer dans mes croyances. Je ne le supporte plus.

– Vous êtes pourtant un fin diplomate.

Macaire s'arrêta au pied d'un cèdre et regarda Higgins avec étonnement.

– Pourquoi dites-vous cela, inspecteur?

– Parce que vous étiez le secrétaire, le confident et sans doute le conseiller de l'Apa Shenouda. Vous connaissez parfaitement la vie de Londres où vous êtes installé depuis de nombreuses années. Lui qui venait d'Alexandrie a choisi un homme modéré pour être à ses côtés. Il a écarté une jeune prêtre exalté et mystique, Cyrille Maskun, et un évêque un peu trop vénal, Mgr Makarius.

– Vous êtes beaucoup trop sévère avec ces deux hommes et beaucoup trop indulgent à mon égard. Cyrille Maskun et Mgr Makarius sont des croyants sincères. Quant à l'Apa Shenouda, il n'avait nul besoin d'un conseiller. Sa hauteur de vue était telle que nos petits esprits devaient s'incliner devant lui.

Macaire décolla un minuscule morceau d'écorce de cèdre, le déposa avec soin dans son mouchoir qu'il replia et mit dans sa poche.

– Qui discutait avec les anglicans avant l'arrivée de l'Apa Shenouda?

– Notre représentant officiel, Mgr Makarius.

– Vous conviait-il à ces discussions?

– Non, inspecteur.

Les deux hommes refirent quelques pas dans le jardin des apothicaires. Les espèces rares étaient identifiées par de petites pancartes. Un soleil timide jouait avec les massifs de verdure.

– Pourquoi a-t-on assassiné l'Apa Shenouda? interrogea Higgins. Vous avez dû vous poser cette question, monsieur Macaire. De quelle manière y répondez-vous?

– C'est un mystère, inspecteur. Un profond mystère. Une épreuve que Dieu nous envoie et que nous devons accueillir comme telle.

– Si vous saviez quelque chose de précis sur le meurtre, me le diriez-vous?

– Oui, inspecteur.

– Même si un copte s'y trouvait mêlé?

– Cela me fendrait le cœur, mais je choisirais la vérité comme je l'ai fait tout au long de ma vie.

Higgins consulta son carnet. Les éléments ne

s'emboîtaient pas entre eux. Quelque chose d'essentiel lui échappait.

– Etes-vous bien sûr, monsieur Macaire, de n'avoir aperçu personne emmenant l'Apa Shenouda vers le toit de l'église?

– Tout à fait.

– Ne vous paraît-il pas impossible que deux personnes aient transporté son corps à travers l'église sans que ni vous, ni l'évêque, ni Cyrille Maskun ne l'ayez remarqué?

– Si, inspecteur. Impossible est le mot juste. Je ne parviens pas à m'expliquer ces événements atroces. Si les coptes ne reçoivent pas un apaisement, leur révolte ne cessera de grandir.

– Approuvez-vous les pratiques magiques autour de la statuette de Zagazig?

– Les hommes ont tendance à appeler magie ce qu'ils ne comprennent pas, inspecteur. Si Mgr Makarius demande un peu d'argent à qui veut toucher la statue, c'est pour entretenir l'église. Il n'y a là rien de vénal. La statuette a rendu fécondes des femmes qui étaient stériles. Beaucoup lui doivent leur bonheur.

– Nierez-vous que Cyrille Maskun cherche à mener une sorte de guerre sainte contre les anglicans?

– Ce jeune prêtre a un caractère entier, il est vrai, mais c'est un être profondément pacifique. Ne jugez pas trop sévèrement ses attitudes et ses prises de position. Il n'a aucun sens des nuances et manifeste de façon trop éclatante son goût pour l'absolu. Avec l'âge, ces défauts disparaîtront.

– Qui succédera à l'Apa Shenouda?

– Je l'ignore, répondit Macaire. La décision sera probablement prise à Alexandrie. Il faut d'abord calmer les passions ici, à Londres. Mais cela n'est pas du seul ressort de ma communauté. Disposez-vous d'une piste sérieuse pour identifier l'assassin, inspecteur?

Higgins leva les yeux vers le sommet d'un pin d'Autriche.

– Cet arbre est d'une finesse merveilleuse, déclara l'ex-inspecteur-chef. Je vous laisse l'admirer. A bientôt, monsieur Macaire.

⁂

Higgins avait besoin de retourner à Coptic Street pendant que Macaire était absent de sa boutique. C'était dans cette même rue, en effet, qu'habitait Son Eminence l'évêque Mercurios, patriarche copte d'Hermopolis, qui avait installé ses quartiers de magicien patenté au dernier étage d'un immeuble vieillot. Une jeune Egyptienne ouvrit la porte à Higgins. L'appartement était rempli de livres, d'images pieuses et de crucifix. Une odeur d'encens flottait dans l'air.

L'évêque Mercurios était assis derrière un vaste bureau plongé dans la pénombre. Vêtu d'une longue robe noire, barbu, il dissimulait son embonpoint tant bien que mal.

– Comment se porte Votre Eminence?

– Fort bien, inspecteur. Qu'est-ce qui me vaut l'honneur de votre visite? Ne serait-ce pas cette sinistre affaire d'assassinat?

– Connaissiez-vous l'Apa Shenouda?

– Personnellement, non. En tant que religieux copte, je le vénérais comme notre maître à tous. Vous feriez bien de retrouver son assassin au plus vite. Les coptes peuvent devenir violents.

– Connaissiez-vous l'existence d'une statuette magique provenant de Zagazig?

– Un objet très sacré!

– Un copte peut-il l'avoir volé?

– Certainement pas.

– Pourquoi?

– Ce genre de statuette détruit qui la profane. Tous les coptes le savent.

– Mgr Makarius est-il l'un de vos amis?

– Nous ne nous fréquentons pas. Il est le représentant officiel de notre communauté. Si vous me le permettez, je n'en dirai rien de plus.

– C'est un peu court, Eminence.

– J'ai horreur de colporter des ragots. Mgr Makarius applique la religion comme il l'entend.

– Et Cyrille Maskun?

– Un vrai mystique. Une race dangereuse.

Higgins présenta deux pages de son carnet noir à l'évêque Mercurios. Sur celle de gauche, une croix copte.

– C'est bien une croix authentique?

– Tout à fait, inspecteur.

– La voir tatouée sur un poignet vous choquerait-il?

– Si c'est celui d'un homme, non. Cela signifierait qu'il a voué sa vie entière à la foi.

Higgins désigna la page de droite. Il y avait dessiné une bague surmontée d'un oiseau.

– Que signifie cet emblème?

L'évêque Mercurios était perplexe.

– Jamais vu...

– Pourriez-vous identifier l'oiseau?

– Je vais essayer. Un instant.

L'évêque Mercurios consulta un énorme volume où étaient répertoriés les symboles utilisés par les coptes. Au bout d'une dizaine de minutes, il découvrit ce qu'il cherchait.

– C'est une sorte de phénix, conclut-il. Un

vieux symbole égyptien qui a été conservé par les Grecs puis par les coptes.

– Pensez-vous que l'Apa Shenouda a été assassiné par un copte?

Le prélat eut une moue dubitative.

– Vraiment non... A part une histoire sordide ou une affaire strictement personnelle, je ne vois aucune raison à ce meurtre.

– Les anglicans?

– S'ils ont organisé ce meurtre, c'est qu'ils sont devenus fous. Le révérend Dickens et Mgr Makarius s'entendaient comme larrons en foire.

– L'Apa Shenouda est venu troubler ce petit jeu.

– De là à le tuer... Ça ne tient pas debout.

– Le dernier entretien entre coptes et anglicans a été très houleux. Le saviez-vous?

– Comme tous les coptes. La reconnaissance de notre communauté est devenue une exigence essentielle. Tuer l'Apa Shenouda, c'est fédérer toutes les factions et leur donner un dynamisme qu'elles n'ont jamais eu. Il est devenu un martyr.

Higgins se leva et referma son carnet noir.

– Votre Eminence m'a été fort utile.

L'évêque copte se leva à son tour.

– Collaborer avec Scotland Yard est plus qu'une obligation : c'est un devoir moral.

*
**

Higgins marcha en direction du quartier de Kensington. La pluie fine et le vent froid lui seyaient parfaitement. C'était le point le plus positif du moment. L'ex-inspecteur-chef éprouvait la détestable sensation de piétiner et de se heurter à une succession de portes fermées dont les clés semblaient à jamais perdues. La magie copte, la vieille religion copte, les coutumes et les rites... Tout cela ne formait-il pas un univers impénétrable dans lequel un assassin pouvait évoluer en toute impunité? A moins qu'il ne s'agisse d'un rideau de fumée destiné à masquer une action purement crapuleuse.

La nature du crime : voilà ce que Higgins devait éclaircir avant de pouvoir progresser. Mais en aurait-il les moyens?

CHAPITRE 12

L'église copte : c'était là que se trouvait la clé du mystère. Higgins en avait la certitude. C'est pourquoi il devrait sans cesse y revenir.

Quand il parvint à son but, il constata une grande animation devant l'édifice. Policiers en uniforme, voitures banalisées, coptes vociférant, badauds, formaient une foule des plus agitées que secouait une véritable houle. Higgins repéra Scott Marlow en grande conversation et s'approcha d'eux.

Le superintendant fut soulagé de voir son collègue.

– Enfin, Higgins! J'ai été appelé d'urgence par M. Maskun... Une nouvelle agression vient d'être commise contre la communauté copte.

– De quoi s'agit-il?

– D'une tentative de destruction de notre église! intervint Cyrille Maskun surexcité. J'ai trouvé un poulet sacrifié devant la porte.

– Il s'était peut-être égaré, suggéra Scott Marlow.

– Avec la gorge à moitié tranchée et les pattes repliées? Non, superintendant. C'est un maléfice mineur. Il est destiné à déclencher la colère des puissances invisibles.

– Tant qu'il n'y a pas de maléfice majeur...

– Il y en a un justement, et le pire de tous! indiqua Cyrille Maskun dont les yeux marron étaient enflammés. Sur le seuil de l'église, il y avait une tête de chat séchée au soleil. J'ai aussitôt compris. J'ai regardé les murs et j'y ai découvert, comme je m'y attendais, des traces de terre.

– Expliquez-vous, demanda Higgins.

– Les os du chat ont été concassés et mélangés avec de la terre provenant d'un cimetière. Le mélange est ensuite répandu près de l'édifice qu'on veut voir s'écrouler.

– Si je comprends bien, avança Higgins, c'est un copte qui a préparé ce mauvais coup.

– Sûrement pas, objecta Cyrille Maskun. Aucun d'entre nous n'aurait eu intérêt à commettre un tel crime. Notre église est ce que nous avons de plus cher. Cherchez plutôt du côté de nos adversaires qui connaissent parfaitement nos rites.

– Vous accusez donc le révérend Henry Dickens de magie noire?

Le regard du prêtre copte flamboya, comme s'il voulait incendier Higgins. Ce dernier resta de marbre. Il avait traversé indemne bien d'autres incendies.

– Je n'affirme rien, inspecteur. Je demande seulement à Scotland Yard de faire son travail. Mgr Makarius souhaiterait vous voir immédiatement.

Higgins devint glacial.

– Je n'ai pas l'habitude de répondre à ce genre de convocation. Cette fois, je ferai une exception.

Seulement pour vous prouver que je cherche la vérité et que je l'obtiendrai.

Cyrille Maskun ne baissa pas les yeux.

– Mgr Makarius vous attend derrière l'iconostase.

*
**

Le prélat semblait dormir.

Higgins s'assit en face de lui. Avec sa démarche de chat, il n'avait pas fait le moindre bruit. Les lampes à huile éclairaient faiblement le sanctuaire plongé dans le silence.

L'évêque ressentit une présence étrangère. Il entrouvrit les yeux.

– Ah, inspecteur... Comme c'est aimable à vous d'avoir répondu à ma demande.

– Elle a été formulée de façon plutôt brutale.

– Ne jugez pas trop sévèrement Cyrille Maskun. Sa foi le guide dans les épreuves qui nous accablent. Il est prêt à offrir sa vie pour notre cause.

– Je n'en doute pas un instant, Eminence. Pourquoi désiriez-vous me voir?

L'évêque copte essuya ses lunettes avec une lenteur exaspérante.

– Vous êtes un homme sage et mesuré, inspecteur. J'ai le sentiment que vous ne cherchez pas à nous nuire. Ce n'est pas le cas de nos adversaires anglicans. Je suis certain que Scotland Yard ne peut mener son enquête dans des conditions normales.

– Vous vous trompez, Eminence. Aucune influence d'aucun ordre ne m'empêchera de conduire mes investigations comme je l'entends.

– Je veux bien croire à votre sincérité... Mais je

ne peux empêcher tous les coptes de Londres et ceux qui les soutiennent de protester de la manière la plus vigoureuse. Une grande manifestation s'organise. Dans quelques heures, elle marchera vers le Parlement. Il y aura sans doute des incidents, peut-être même des blessés, mais comment empêcher cette explosion de fureur? L'Apa Shenouda a été sauvagement assassiné et aucune arrestation n'est annoncée.

– User de la violence ne vous sera pas forcément favorable.

– Je le sais, inspecteur. Mais je suis moi-même dépassé. Je souhaitais vous en avertir de sorte que vous puissiez prendre les mesures nécessaires.

***

La police réussit à écarter les curieux et à rétablir l'ordre devant l'église copte. Higgins annonça à Scott Marlow la mauvaise nouvelle. Le superintendant décida de rentrer immédiatement au Yard pour organiser au plus vite la défense du Parlement. Une autre surprise désagréable attendait le superintendant à l'intérieur même de sa Bentley.

Sur le siège du conducteur, un morceau de tissu noir couvert d'un texte en caractères coptes écrit à l'encre rouge.

– Qu'est-ce que c'est...

– N'y touchez pas, recommanda Higgins. Je m'en occupe.

– Higgins! Ne prenez pas de risques inconsidérés!

– N'ayez crainte, mon cher Marlow. Je crois savoir ce dont il s'agit.

L'ex-inspecteur-chef s'empara du morceau de

tissu noir et le porta à Cyrille Maskun qui, depuis la porte de l'église, observait les deux policiers.

– Puis-je demander l'avis d'un expert sur cet objet?

– Il sera facile à donner. C'est un *atar*, inspecteur, un morceau de vêtement découpé dans la robe noire d'un prêtre. Le magicien a inscrit dessus des incantations pour obliger un être à devenir son esclave. Puisque vous avez touché l'*atar*, inspecteur, vous êtes comdamné à perdre liberté et lucidité.

– C'est extrêmement ennuyeux.

– Il existe un moyen de vous délivrer du maléfice, mais il faudra du temps. Vous vous vêtirez d'une chemise blanche et vous vivrez en reclus. Chaque jour, je vous présenterai une grande croix de cuivre en récitant les formules appropriées. Elle se maculera de sang. Ensuite, si je réussis mon exorcisme, le démon sortira par vos yeux et vous redeviendez vous-même.

– A quel prix s'élèvera ce traitement?

– Mgr Makarius vous le précisera. Ce n'est pas mon affaire.

– Supposez que je refuse d'avoir recours à vos services. Que se passera-t-il?

– Vous dépérirez à petit feu et vous perdrez l'usage de la raison.

Higgins parut réfléchir. Il sortit d'une de ses poches un petit parchemin sur lequel étaient dessinées des croix coptes.

– Avec ceci, monsieur Maskun, je me débrouillerai seul.

Cyrille Maskun ne put dissimuler son étonnement.

– Vous avez... Vous avez un *higab*!

– Eh oui, monsieur Maskun. Un talisman protecteur qui anéantit l'effet des maléfices grands et petits. Vous voyez que Scotland Yard procure à ses enquêteurs des armes efficaces. Ne tentez plus de me dissuader de la sorte. Ce que vous avez fait est un délit peu classique, j'en conviens, mais il demeure inacceptable. J'irai jusqu'au bout. Ni vous ni la magie copte ne m'en empêcheront.

*
**

La manifestation annoncée par Mgr Makarius rassembla une foule considérable. Au début, les participants se contentèrent de quelques slogans. Puis les vociférations s'amplifièrent. On commença à insulter les policiers qui, conformément aux ordres reçus, demeurèrent impassibles.

Aux côtés des coptes réclamant justice, s'étaient rassemblés les mécontents de tout poil et les contestataires professionnels. La fièvre monta vite. Le drame se noua lorsqu'une main inconnue jeta une pierre au visage d'un policier. L'ordre de dispersion fut donné. Les forces de l'ordre chargèrent.

Au terme d'une heure d'affrontements violents, on releva une cinquantaine de blessés plus ou moins graves. La presse se déchaîna, accusant le gouvernement de laxisme, le Yard d'incompétence et l'Eglise anglicane d'intolérance. Le *Times* présenta de longs dossiers sur la religion copte, évitant prudemment de prendre parti. Un grand débat s'organisait dans l'opinion publique.

Dans l'œil du cyclone, le superintendant Scott Marlow. Le regard éteint, le teint verdâtre, incapable de trouver le sommeil, Marlow réunissait contre lui la totalité des critiques. L'assassinat de l'Apa Shenouda et l'incapacité du Yard à identifier le coupable n'étaient-ils pas les causes d'une agitation que l'establishment commençait à redouter?

Higgins tentait, dans la mesure de ses moyens, d'apporter un réconfort moral à son collègue et de lui éviter de sombrer dans la désespérance.

– Nous n'avons rien, Higgins, rien du tout...

– N'exagérons rien, mon cher Marlow. Vous avez vous-même formulé des hypothèses intéressantes.

– Et si nous osions...

– Ce serait sans doute prématuré.

– Prématuré? Chaque heure qui passe est un désastre pour la réputation du Yard et pour la mienne. Si je ne prends pas de risques, ma carrière est fichue. Perdu pour perdu...

– Soyez quand même circonspect. Creusons votre piste, si vous désirez, mais ne manquons pas de patience.

Scott Marlow fronça les sourcils.

– Patience? Pourquoi?

– Parce que nous ne trouverons pas les clés qui nous font défaut sans le concours de circonstances extérieures.

– A savoir?

– Des événements vont se produire.

– Deviendriez-vous devin, Higgins?

– Simple déduction, mon cher Marlow. La situation ne peut pas rester en l'état. Quand ces événements se seront produits, nous pourrons progresser.

Perdant quelque peu son self-control, le superintendant leva les bras au ciel.

– Comment voulez-vous que je fonde mon enquête sur un avenir imprévisible?

– Imprévisible n'est pas le terme, rectifia Higgins.

Le temps se dégradait. Il pleuvait d'abondance. Le superintendant se leva et enfila son imperméable.

– Je veux en avoir le cœur net. Allons chez les Wainworth, à Pelham Crescent.

***

Un whisky à la main, Lord Jonathan Wainworth accueillit les deux policiers avec un enthousiasme certain.

Il les invita à boire en sa compagnie et fut déçu du refus qu'ils opposèrent.

– Pourrions-nous voir votre épouse? demanda Scott Marlow.

– Vous, peut-être... Moi non. Quand elle est en méditation, elle m'interdit l'accès de sa chambre. Essayez toujours...

Higgins se souvenait du chemin. Il frappa discrètement. N'obtenant pas de réponse, il entra.

Lady Aicha était prosternée devant une icône représentant la Vierge Marie tenant son enfant sur les genoux. La pièce était emplie de fumées d'encens qui rendaient l'atmosphère presque irrespirable. En toussant, le superintendant arracha la convertie à sa méditation.

Lady Aicha, furieuse, se retourna.

– Sortez immédiatement d'ici! hurla-t-elle.

– Pardon de cette intrusion, dit Higgins, mais nous avons une vérification importante à faire en votre compagnie.

– Une vérification? De quel ordre?

– Votre rôle exact dans le meurtre de l'Apa

Shenouda, indiqua Scott Marlow, tranchant. Mais allons ailleurs... cet endroit est irrespirable.

– Pour les païens, répliqua Lady Aicha. L'encens écarte les démons.

La convertie se leva et guida les deux hommes jusqu'à un jardin d'hiver rempli de plantes grasses. Au milieu chantait l'eau d'une fontaine tombant en cascade. On se serait cru très loin de Londres, à l'orée de la forêt tropicale.

Le superintendant s'épongea le front. Il détestait l'humidité.

– Que me voulez-vous encore? demanda Lady Aicha, agressive. J'ai beaucoup de prières à offrir au Seigneur pour qu'il me permette de retrouver la statuette de Zagazig. Si je m'interromps trop longtemps, elles seront inefficaces.

– Je serai bref, annonça Scott Marlow, fort mal à l'aise dans cette demeure. Nous disposons de témoignages crédibles vous accusant d'avoir voulu assassiner l'Apa Shenouda dans la journée de dimanche.

Higgins jugea que son collègue déguisait quelque peu la vérité mais il garda le silence. La stratégie du superintendant, pour outrée qu'elle fût, pouvait s'avérer positive.

La réaction de Lady Aicha fut d'une rare violence. Elle s'empara d'une plante grasse en pot et la jeta au loin devant elle. Le pot s'écrasa et se disloqua avec un bruit sinistre.

– Espèce de menteur! s'écria-t-elle. Vous inventez n'importe quoi pour désigner un assassin à la vindicte populaire! N'espérez pas une seconde me voir défaillir!

Scott Marlow avait reculé de deux pas. Lady Aicha le menaçait avec une nouvelle plante en pot. Higgins se plaça sur la trajectoire.

– Il serait regrettable d'abîmer ces merveilles de la nature, Lady Aicha. Cela ne vous aidera pas à obtenir ce que vous souhaitez.

– Pourquoi m'accuser ainsi?

– Parce que vous-même avez déclaré devant témoins que l'Apa Shenouda était responsable du malheur qui vous afflige.

Lady Aicha sembla frappée de stupeur. Elle laissa tomber son arme improvisée. Un deuxième pot s'écrasa sur le sol.

– J'ai dit n'importe quoi... Je voulais voir l'Apa Shenouda pour qu'il me délivre définitivement du maléfice qui pèse sur moi. Je suis certaine qu'il en avait la possibilité. Dimanche, Cyrille Maskun m'a empêchée d'accéder jusqu'à lui. Je lui ai pourtant proposé une forte somme d'argent, mais il a refusé. J'ai fait semblant de m'avouer vaincue, mais je comptais bien revenir à la charge. Pour moi, l'Apa Shenouda représentait l'espoir suprême. A présent, il ne me reste plus que la statuette... Et elle a disparu...

Lady Aicha éclata en sanglots.

– Bien, bien, dit Scott Marlow, dépité. Pour le moment, nous considérons que vous êtes hors de cause.

*
**

Un boby attendait devant la Bentley de Scott Marlow.

– Cette voiture vous appartient-elle, Sir?

– Serait-elle mal garée?

– Rien à dire de ce côté-là, Sir. Mais j'ai reçu plusieurs plaintes de riverains concernant des bruits incongrus provenant de votre véhicule. Une sorte de sonnerie répétitive particulièrement sonore.

Pendant que Higgins entamait des négociations avec le policier en uniforme, Scott Marlow se rua sur le téléphone.

Les efforts de l'ex-inspecteur-chef furent couronnés d'un succès relatif. Le bobby, quelque peu incrédule, accepta de laisser repartir la Bentley après avoir noté son numéro minéralogique. Scott Marlow appela le central du Yard, mit quelques minutes à obtenir un correspondant qualifié et obtint enfin le renseignement qu'on voulait lui communiquer de toute urgence : le remplaçant de l'Apa Shenouda, nommé à Alexandrie, arrivait en fin d'après-midi à Londres.

Le superintendant était chargé de sa protection rapprochée.

CHAPITRE 13

Un imposant service d'ordre attendait, à l'aéroport, l'Apa Tebtounios, successeur désigné de l'Apa Shenouda. Plusieurs policiers l'encadrèrent pendant le trajet allant de la passerelle au salon d'honneur. Le révérend Dickens, représentant officiel de l'Eglise anglicane, et le superintendant Marlow, saluèrent avec respect le nouvel Apa.

Higgins, se tenant à l'écart, observa le haut dignitaire religieux qui prenait la tête de l'Eglise copte en Angleterre. C'était un homme âgé, d'assez forte corpulence, se déplaçant avec lenteur et parlant de même. Son anglais, très scolaire, comportait de nombreuses imperfections mais demeurait compréhensible. Son visage était mangé par une grande barbe grisonnante, son front bas masqué par un imposant bonnet carré. L'Apa Tebtounios se déplaçait à l'aide d'une canne et marchait avec difficulté.

Il répondit aux déclaration officielles par un long discours, quelque peu embarrassé, assurant l'Angleterre de sa volonté de paix, à condition que les aspirations légitimes de la communauté copte fussent reconnues. L'Apa Tebtounios se déclarait confiant dans la volonté de Scotland Yard d'identifier l'assassin de son prédécesseur à la mémoire duquel serait bientôt célébrée une grand-messe, tant à Alexandrie qu'à Londres. Dès que les services de police donneraient leur accord, les restes de l'Apa Shenouda seraient transportés à Zagazig où était prévues des funérailles solennelles.

Pendant qu'un représentant du gouvernement faisait une nouvelle déclaration remplie de paroles aussi creuses que possible, Higgins s'approcha du révérend Henry Dickens et lui parla à voix basse.

– Connaissez-vous un maléfice copte pour envoûter les édifices et les détruire?

Henry Dickens jeta un œil étonné à l'ex-inspecteur-chef.

– Oui... il faut égorger un poulet et disposer d'un chat. Une fois broyé le corps de ce dernier on en mêle les résidus à de la terre provenant d'un cimetière. Puis on répand le mélange de long des murs. C'est presque imparable, à moins que les os du chat n'aient pas été correctement concassés par le magicien. Mais... Pourquoi me demandez-vous ça?

– C'est exactement ce qui vient de se pratiquer contre l'église copte de Kensington. L'ignoriez-vous?

– Je l'ignorais, en effet. Les coptes n'ont pas dû s'en vanter. C'est forcément l'un d'eux qui a fait le coup.

– Cyrille Maskun prétend le contraire. Il rejette la responsabilité sur vous.

– C'est absurde, inspecteur.

– Pas tant que cela, révérend. Vous êtes un excellent connaisseur de la magie copte. Si leur église s'effondrait ou si les religieux étaient obligés de l'abandonner, vous seriez très satisfait. Voir les coptes quitter Londres vous réjouirait au plus haut point.

– Il y a du vrai... Mais je suis un savant et un négociateur, pas un magicien. Ma mission est de trouver un terrain d'entente, pas de détruire. Après l'assassinat de l'Apa Shenouda, je ne me serais pas amusé à me compromettre dans une affaire de maléfice. L'honneur de l'Eglise anglicane est en jeu.

Higgins garda un air dubitatif.

– Connaissez-vous cet Apa Tebtounios, révérend?

– Non. Ce doit être l'un de ces vieux dignitaires que l'on a sorti du couvent sans lui demander son avis. Ce n'est pas lui qui pourra arrêter les débordements des coptes. Mais peut-être les négociations seront-elles plus faciles. Et encore, je n'en suis même pas certain... Ces vieux religieux sont souvent têtus comme des mules. Il doit être porteur de consignes d'Alexandrie et se tiendra sur des positions rigides. A vous de jouer, inspecteur... Tant que l'assassin de l'Apa Shenouda n'aura pas été identifié, la situation ne pourra que se dégrader.

Les cérémonies officielles terminées, l'Apa Tebtounios demanda à se rendre à l'église de Kensington. La police le fit passer par une porte de côté et monter dans la Bentley de Scott Marlow. Le dignitaire copte s'assit à l'arrière, aux côtés de Higgins. Avant que Scott Marlow tournât la clé de contact, l'ex-inspecteur-chef fit une proposition qui surprit son collègue.

– Nous sommes suivis par deux voitures de police banalisées, Votre Eminence. A mon avis, c'est une grave erreur. Si l'on veut attenter à votre vie, il sera facile de vous repérer. Nous devrions nous contenter du véhicule du superintendant pour nous déplacer.

– Je n'y vois aucune objection, inspecteur. Le superintendant Marlow est-il d'accord?

Pris au dépourvu, le superintendant répondit affirmativement. Il regretta, en son for intérieur, les risques qu'il acceptait de prendre. Il voyait déjà le vieil Apa brûlant au sommet d'une église et condamnant l'Angleterre à s'enfoncer dans le plus infâmant des scandales. La carrière de Scott Marlow n'y survivrait pas.

– Soyez bien convaincu d'une chose, déclara l'Apa Tebtounios. Je suis ici pour rétablir la paix et l'harmonie. Les coptes détestent la violence. Si nos droits sont reconnus ici, en Angleterre, si notre religion peut démontrer son immense portée spirituelle, nous vivrons en parfaite amitié avec les Anglais, qu'ils soient anglicans ou non.

Ces paroles rassurèrent un peu Scott Marlow. Elles ne dissipèrent pas ses doutes. Et si ce vieux prélat venu d'un lointain Orient n'était qu'un hypocrite?

– Votre tâche ne s'annonce pas facile, prévint Higgins. La tension est à son comble. Notre enquête, je l'avoue, piétine. Vos amis coptes ne nous ont pas beaucoup aidés.

– On m'a parlé, dans mon couvent, de cette abominable mort. Qui a pu concevoir un crime aussi horrible?

– C'est ce que nous demandons depuis le début de nos investigations, Eminence. Deux personnes robustes semblent avoir participé à l'assassinat. En conséquence, je vous demanderai de vous méfier de Mgr Makarius et de Cyrille Maskun.

– Un évêque et un prêtre coptes? Vous vous moquez de moi, inspecteur?

– Certes pas. Rien ne prouve formellement leur culpabilité, mais rien ne prouve le contraire. Je suis persuadé qu'ils cachent des informations essentielles.

– Si vous avez raison, c'est regrettable. Pourquoi agiraient-ils ainsi?

– Je l'ignore. Je compte un peu sur vous pour le découvrir.

– Je suis un vieil homme, inspecteur. C'est la première fois que je sors de mon couvent depuis plus de cinquante ans. Les affaires de ce monde m'intéressent peu et je n'y comprends rien. Ma hiérarchie m'a prié de venir ici, j'ai obéi. Qu'on ne me demande rien de plus.

Scott Marlow se concentra sur sa conduite. C'était bien ce qu'il redoutait. Les coptes avaient envoyé un vieil incapable qui risquait de devenir une nouvelle victime.

– Vous n'habiterez pas dans l'église de Kensington, indiqua le superintendant. Il y a bien un logement de fonction, mais nous le jugeons trop dangereux. Le Yard vous a réservé une suite dans un hôtel particulier tout près de l'église.

– C'est trop d'honneur... J'aimerais mieux rester auprès des miens.

– Hors de question, Eminence. Trop dangereux, je le répète. Votre existence nous est très précieuse. L'assassin rôde encore, et nous ignorons ses motivations. Peut-être êtes-vous sa prochaine victime.

L'avertissement de Scott Marlow parut effrayer le vieil Apa. Il se tassa sur le siège de la Bentley.

– Comme vous voudrez, superintendant.

*
**

L'accueil réservé au nouvel Apa fut glacial.

Higgins connaissait suffisamment les hommes, fussent-ils des religieux coptes, pour s'apercevoir que Mgr Makarius était blanc de rage et Cyrille Maskun ivre de jalousie. Leurs ambitions s'effondraient aux pieds de ce vieillard qui s'appuyait sur sa canne et se tenait debout avec peine.

Macaire avait été convoqué pour consigner par écrit les détails de cette cérémonie. Lui non plus n'affichait pas une mine particulièrement réjouie, comme si l'arrivée de ce nouveau chef de la communauté copte de Londres était une sorte de catastrophe. Mgr Makarius fit un discours fleuri où il exprimait sa joie d'accueillir un patriarche d'Alexandrie, un sage qui avait passé son existence à étudier les Saintes Ecritures, un homme d'expérience dont les conseils étaient écoutés avec un grand respect. Malgré l'onctuosité du ton, chacune des paroles sonnait faux.

Scott Marlow prévoyait une interminable réponse de l'Apa Tebtounios. Mais ce dernier, dont les forces semblaient s'épuiser rapidement, se contenta de quelques mots de remerciement.

– Je dois à la vérité de vous avouer que la situation est fort préoccupante, ajouta Mgr Makarius avec un petit sourire. Lors de notre dernière manifestation, nous avons eu des blessés. Les coptes réclament vengeance. Dès demain, ils se rassembleront à Trafalgar Square pour décider de la suite à donner à notre mouvement. Je vous conseille de vous y montrer. La police anglaise est nerveuse. Elle pourrait se livrer à de nouvelles violences.

Scott Marlow protesta vigoureusement.

– L'ordre doit être maintenu, voilà tout! Vous n'avez pas le droit de parler ainsi.

– Et vous, superintendant, vous n'avez pas le droit de frapper de vrais croyants!

L'Apa Tebtounios leva la main droite dans un signe de lassitude. A peine revenait-il dans le monde que celui-ci se révélait comme un lieu de conflits.

Cyrille Maskun proposa au vieillard de lui faire visiter l'église. L'Apa Tebtounios déclina l'offre, prétextant la fatigue du voyage. Le jeune prêtre, vexé, parvint à garder son calme quoique ses yeux exprimassent le plus profond dédain. Il tint néanmoins à décrire par le menu les rituels pratiqués par la communauté copte de Londres et les objets sacrés qu'elle utilisait.

Pendant que Cyrille Maskun parlait, on tapa légèrement sur l'épaule droite de Higgins qui ne manifesta aucune réaction.

Marie, la fille de l'apothicaire.

– Il en a pour plus d'une heure... Je voudrais vous parler. Eclipsez-vous discrètement. Rendez-vous à Knightsbridge, devant l'épicerie française. Je pars la première et je vous y attends.

Marie disparut avec autant de discrétion qu'elle était apparue. Higgins patienta quelques minutes. Cyrille Maskun dévidait machinalement son discours. L'évêque Makarius pensait visiblement à autre chose. L'Apa Tebtounios s'endormait doucement.

Higgins s'approcha de Scott Marlow.

– Je m'absente une demi-heure. Surveillez bien l'Apa.

– Higgins, enfin...

Le superintendant n'avait pas la possibilité de

protester avec véhémence. Empêcher Higgins d'agir à sa guise appartenait au domaine de l'impossible.

***

C'est Knightsbridge que des émigrés du temps de la Révolution avaient choisi pour y établir une véritable colonie. Aussi le quartier de South Kensington abritait-il un Institut et un lycée français autour desquels s'étaient établies plusieurs boutiques vendant des produits aussi exotiques que des artichauts et des salsifis et des denrées aussi recherchées que les vins de Bordeaux et de Bourgogne. Il y avait même, dans cette enclave gauloise, un boucher qui découpait la viande à la française et ordonnait à ses clients de ne pas la faire bouillir.

Marie vint à la hauteur de Higgins bien avant le lieu du rendez-vous.

– Vous êtes particulièrement méfiante, mademoiselle.

– Je prends exemple sur vous, inspecteur. Ce que j'ai à vous dire est trop grave pour que je prenne le moindre risque.

Le joli visage de Marie était d'une gravité extrême.

– Je vous écoute, mademoiselle. Souhaitez-vous marcher?

– Oui... Cela sera plus facile. Laissez-moi encore quelques instants.

Un vent frais rendit la promenade très agréable. Marie semblait puiser dans sa mémoire des éléments si lointains qu'il lui fallait accomplir un énorme effort pour s'en souvenir.

– Je vous ai un peu menti, inspecteur. Est-ce que... Est-ce que vous me pardonnez?

– Avec joie, si la faute n'est pas trop grave. Mais je dois d'abord en connaître la nature.

– J'ai peur qu'elle soit assez grave, malheureusement...

– Laissez-moi en juger, mademoiselle, et ouvrez votre cœur.

Higgins aurait pu être un excellent confesseur. Sa voix douce et tranquille mettait en confiance. Il attirait naturellement les confidences. Mais celles de Marie lui paraissaient un peu trop faciles à obtenir. Impossible d'exclure, cependant, qu'elle fût sincère. Ce serait à lui de ne pas commettre d'erreur de jugement.

– J'ai confiance en vous, inspecteur. Pas dans le gros homme qui travaille avec vous. S'il était à vos côtés, je ne dirais rien. Le comprenez-vous?

– Il n'y a que vous et moi. Soyez tranquille.

Marie prit une profonde respiration et parla avec volubilité.

– J'étais dans l'église, à peu près à l'heure du crime. J'ai vu une ombre... Mais cette ombre, je l'ai identifiée. C'était Cyrille Maskun. Je ne sais pourquoi, j'ai eu peur. Je me suis cachée derrière un pilier. Il est passé juste devant moi. J'ai vu ce qu'il tenait collé contre sa poitrine, comme un voleur : une fiole d'eau bénite et une bible.

– Ce ne sont pas des objets coptes.

– Bien sûr que non! J'ai reconnu la fiole parce que je l'avais vue dans une église anglicane. Quant à la bible, elle portait un titre en anglais.

– Il s'agissait donc d'objets anglicans.

– Exactement, inspecteur.

– Bizarre.

– Je crois que j'ai compris le geste de Cyrille Maskun, déclara Marie avec force.

Higgins semblait perdu.

– Pour ma part, mademoiselle, je suis incapable de l'interpréter.

– C'est pourtant simple, inspecteur! Ce sont les anglicans qui ont commis le crime. Pour sacraliser leur acte et se délivrer du péché qu'ils commettaient, ils ont été contraints de placer près du cadavre eau bénite et livre sacré. Ainsi, ils étaient protégés par Dieu.

– Je veux bien l'admettre, dit l'ex-inspecteur-chef, mais pourquoi Cyrille Maskun a-t-il fait disparaître la preuve de la culpabilité des anglicans?

– Je me suis longtemps posé cette question... C'est pourquoi j'avais gardé le silence. A présent, pour moi, tout est clair. Si Cyrille Maskun a dissimulé ces preuves, c'est pour éviter que l'on accuse les anglicans de meurtre.

– Pardonnez-moi de ne pas vous comprendre, mademoiselle.

– C'est évident, inspecteur. Il a partie liée avec eux. Il fait semblant d'être un prêtre aux convictions inébranlables, mais il a négocié avec l'ennemi.

– Pour quelle raison?

– Pour prendre la place de l'Apa Shenouda et devenir le chef de la communauté copte de Londres avec l'appui de l'Eglise anglicane.

– N'avait-il pas prévu l'arrivée d'un autre Apa?

– Je ne le crois pas. Cyrille Maskun se méfiait surtout de Mgr Makarius. Il avait oublié le pouvoir discrétionnaire d'Alexandrie. Tant mieux pour la justice. Mais je ne donne pas cher de l'existence de ce vieil Apa Tebtounios. Il risque d'avoir un accident mortel. Alexandrie se lassera et Cyrille Maskun se proposera pour occuper le poste après avoir évincé l'évêque.

Higgins s'arrêta et prit des notes. Il les lut à haute voix.

– Cyrille Maskun pourrait voir participé directement au meurtre en compagnie du révérend Henry Dickens. Ce dernier aurait quitté l'église le premier, puis Maskun aurait supprimé les traces du rituel, apaisant la colère divine.

– C'est exactement ce que je pense, inspecteur.

– Avez-vous parlé à quelqu'un de votre hypothèse?

– A mon père.

– Quelle opinion a-t-il émise?

– Il est demeuré silencieux, comme d'habitude. Il ne se manifestera que s'il a une preuve vraiment décisive. Mais je connais sa défiance par rapport aux anglicans. Il les combattra de toutes ses forces.

– Ce que vous m'avez appris est effectivement essentiel, mademoiselle.

– Je suis... pardonnée?

– Si Dieu le veut, comment m'y opposerais-je?

CHAPITRE 14

Lorsque Marie et l'ex-inspecteur-chef entrèrent à nouveau dans l'église où une assistance triée sur le volet découvrait le nouvel Apa, Cyrille Maskun continuait son interminable discours sur les rites. L'évêque Makarius avait une moue désapprobatrice. Quant à l'Apa Tebtounios, il luttait de moins en moins bien contre le sommeil. D'autres coptes y résistaient avec peine, tant les phrases de Cyrille Maskun étaient pompeuses et répétitives. L'air saturé d'encens, la pénombre, le recueillement incitaient aussi à l'assoupissement.

Higgins s'approcha de Scott Marlow.

– Higgins, enfin... Vous avez mis le temps!

– Le téléphone a encore sonné dans votre voiture, superintendant.

– Avez-vous eu l'obligeance de répondre?

– Bien entendu. Un cortège passablement excité se dirige vers le 10 Downing Street.

– Vers la résidence du Premier ministre... Il faut l'arrêter immédiatement!

– Les forces de l'ordre s'organisent. Réaction insuffisante, à mon avis.

– Que proposez-vous?

– Puisqu'Alexandrie nous a envoyé un Apa, nous devrions peut-être en profiter.

Scott Marlow fut horrifié par le cynisme de Higgins.

– Vous ne voulez pas mettre ce vieillard... en face des manifestants?

– Si cet auguste prélat nous donne son accord, pourquoi le lui refuser?

– Vous rendez-vous compte, Higgins? Qui osera lui faire cette proposition?

– Les autorités compétentes que vous représentez, mon cher Marlow. Je m'occupe des préliminaires.

L'ex-inspecteur-chef n'attendit pas la fin de l'interminable péroraison de Cyrille Maskun. Au mépris des conventions, Higgins se dirigea vers l'Apa Tebtounios et lui parla à l'oreille, indiquant que Scotland Yard requérait sans délai sa présence.

Le vieillard se leva.

Stupéfait, Cyrille Maskun s'interrompit au milieu d'une phrase enthousiaste sur la rigueur quasi monastique que devaient observer les évêques coptes dans l'exercice de leur fonction.

L'Apa Tebtounios fit un signe hésitant de la main qui signifiait son adieu provisoire à ceux qui l'avaient accueilli. Higgins l'entraîna dans la sacristie remplie d'icônes. Scott Marlow les y rejoignit.

Higgins encouragea son collègue du regard.

– Votre Eminence, commença-t-il, le Yard est dans une situation délicate... Une dangereuse manifestation qui risque de dégénérer... Peut-être votre présence...

– Comme vous voudrez, mon fils. Si nous pouvions y aller dans votre belle voiture, j'en serais tout à fait heureux. Je m'y sens parfaitement bien.

– Mais... avec plaisir, Votre Eminence.

⁂

Soutenu par Higgins, l'Apa Tebtounios descendit de la Bentley protégée par deux rangs de policiers. L'ex-inspecteur-chef l'accompagna jusqu'au front de la manifestation, sous les regards angoissés de Scott Marlow, prêt à ordonner l'assaut.

Deux jeunes coptes surexcités invectivèrent le vieillard, réclamant la tête de l'assassin de l'Apa Shenouda. Leurs slogans furent repris par une foule passionnée, au désir de vengeance exacerbé. Le vieux religieux laissa passer l'orage, incapable de résister à ce déferlement de haine.

Le calme revenu pour quelques instants, l'Apa Tebtounios s'adressa à l'un des deux jeunes et lui expliqua qu'il venait d'Alexandrie pour aider la communauté copte à faire toute la lumière sur un crime qui ne resterait pas impuni. Puis, il donna des nouvelles des patriarches d'Alexandrie, décrivit la vie paisible des moines du désert, marmonna une très ancienne prière.

Un petit miracle eut lieu. La tension tomba. Pour excités qu'ils fussent, les jeunes coptes n'étaient pas décidés à bousculer un prélat venu d'Egypte. Ils vénéraient les Anciens et leur devaient le respect, même en terre étrangère. L'éducation prima la passion.

Le 10 Downing Street était sauvé.

***

Marlow et Higgins avaient conduit l'Apa Tebtounios à la suite qui lui était réservée dans un hôtel particulier surveillé par le Yard. Le vieillard, épuisé, s'était aussitôt endormi. Le sachant en sécurité, Scott Marlow avait commencé à se détendre. Mais Higgins ne lui laissa que peu de répit. Alors que le superintendant se proposait de le raccompagner à son hôtel, l'ex-inspecteur-chef lui fit une nouvelle proposition des plus audacieuses.

– Mon cher Marlow, il me paraît indispensable d'obtenir une autorisation officielle pour fouiller la chambre du prêtre copte Cyrille Maskun.

Scott Marlow sursauta.

– En pleine enquête? C'est une folie! Imaginez-vous une seconde la réaction des autorités coptes?

– L'Apa Tebtounios se repose. Si nous agissons dans les heures qui suivent, nous avons une bonne chance d'obtenir des informations capitales.

– Jamais le Yard...

– Vous ne me laisserez quand même pas agir de manière illégale, mon cher Marlow?

Marlow redoutait plus encore l'obstination de Higgins que l'appareil hiérarchique du Yard. A contrecœur, il roula rapidement jusqu'à l'immeuble de la police et, de son bureau, entama les procédures administratives. Quand il retourna à la Bentley, porteur d'une réponse positive, Higgins n'avait pas bougé de son siège.

Ce fut Cyrille Maskun qui accueillit les deux policiers.

– En quoi puis-je vous aider, messieurs?

Scott Marlow toussota.

– C'est extrêmement délicat, monsieur Maskun...

Higgins intervint sèchement.

– Nous sommes autorisés à fouiller votre chambre. Nous vous prions de faciliter notre tâche. Toute entrave volontaire pourrait avoir pour vous des conséquences graves.

– Fouiller ma chambre... Mais pourquoi?

– Pour y découvrir des indices indispensables à la bonne marche de l'enquête.

– Des indices... Quels indices?

– Allons jusqu'à votre chambre, monsieur Maskun. Nous avons perdu assez de temps.

– Je m'y oppose formellement.

– C'est inutile, monsieur Maskun. Auriez-vous quelque chose à cacher?

– Absolument pas, mais...

– En ce cas, dépêchons-nous. Les indices ont parfois fâcheuse tendance à disparaître.

– Je dois d'abord prévenir Mgr Makarius, et...

– Inutile, le coupa Higgins.

– Vous vous en repentirez, inspecteur.

– Nous verrons, monsieur Maskun... Empruntons cet escalier que vous connaissez si bien.

Le prêtre copte lança un regard venimeux à Higgins.

Quand Cyrille Maskun s'élança dans l'escalier pour grimper les marches quatre à quatre, le superintendant comprit qu'il se passait quelque chose d'insolite.

– Arrêtez, mon gaillard!

Le copte ne tint aucun compte de l'avertissement. Scott Marlow tenta de le suivre, malgré un manque évident d'entraînement physique. Higgins grimpa à son rythme, ménageant ses genoux. Lorsqu'il entra dans la chambre du prêtre, ce dernier se tenait debout, une bible anglicane dans la main droite et une fiole d'eau bénite dans la main gauche.

Devant lui, une lame de parquet soulevée.

– C'est cela que vous cherchiez, messieurs? demanda Cyrille Maskun, ironique.

– En effet, répondit Higgins.

– J'ignore à qui ces objets appartiennent.

– Pourtant, vous les cachiez dans votre chambre.

– Ne vous fiez pas aux apparences, protesta Cyrille Maskun. Ces objets, je viens de les découvrir moi-même.

Higgins s'agenouilla pour examiner de près la cachette.

– Sans doute avez-vous l'habitude de dissimuler vos trésors dans cette lame de parquet?

– Je viens d'en découvrir l'existence. Il s'agit d'une machination destinée à me discréditer.

– Expliquez-vous.

Les bras croisés, s'adossant à un mur, le prêtre paraissait très sûr de lui.

– Quelqu'un est venu déposer ces choses-là. Je l'ai vu s'accroupir. J'ai attendu qu'il soit parti pour voir ce qu'il était venu faire. J'ai mis la main sur cette lame de parquet truquée. Je venais de sortir la bible et la fiole quand vous êtes arrivés.

– Si vous ignorez de quoi il s'agit, intervint Scott Marlow, pourquoi tant d'appréhension?

– J'ai immédiatement compris qu'il s'agissait d'objets religieux anglicans. Les déposer chez moi visait à m'accuser de collaboration avec mes pires ennemis.

Higgins fit quelques pas dans la pièce. Il n'y décela rien d'insolite.

– Qui est ce « quelqu'un », monsieur Maskun?

Le copte releva le menton.

– Je ne suis pas un délateur.

– Votre version des faits est abracadabrante, jugea Scott Marlow. C'est vous qui avez caché cette fiole et cette bible.

– Non. Je le jure sur le saint nom du Seigneur.

– Si vous ne parlez pas immédiatement, déclara Scott Marlow au bord de la colère, je fais fouiller cette église de fond en comble et je vous inculpe de meurtre!

L'élan généreux du superintendant, dépassant les bornes juridiques, impressionna le prêtre copte.

– C'est... C'est un démon féminin. Elle se nomme Alabasdria. J'ai des incantations à réciter pour conjurer son action.

Scott Marlow faisait un véritable cauchemar. Un suspect pris sur le fait inventait une histoire de diablesse pour se justifier! Dans quel univers de détraqués était-il tombé?

– Je suppose que ce démon s'était incarné dans un corps de femme, suggéra Higgins. Est-ce bien exact?

– Oui, murmura Cyrille Maskun, soudain gêné.

– Et cette femme, c'était Marie, la fille de l'apothicaire.

– Oui, confirma le copte.

– Vous l'avez vue prendre ces objets sur le parvis de l'église et au lieu de vous manifester, vous l'avez suivie et vous l'avez vue les dissimuler.

– Oui, inspecteur.

– Voulez-vous les remettre au superintendant?

Cyrille Maskun s'exécuta.

– L'accusation que vous portez est grave, monsieur Maskun. En êtes-vous conscient?

– Ce n'était pas réellement Marie, inspecteur, mais une diablesse... Vous devez le comprendre. C'est la vérité.

Higgins écrivit quelques phrases sur son carnet.

– Votre vérité, peut-être. La vérité, sûrement pas. Il nous faudra procéder à une confrontation, monsieur Maskun. Oserez-vous répéter vos accusations devant Marie?

Le prêtre copte marmonna une réponse incompréhensible.

– Pourriez-vous répéter, monsieur Maskun?

– J'aimerais autant que vous ne fassiez pas étalage de mes confidences. Je ne veux aucun mal à Marie. Ce n'est pas sa faute si un démon s'est emparé d'elle.

Scott Marlow était plutôt embarrassé par la fiole d'eau bénite et la bible. Ce n'était pas le genre d'objets qu'il avait l'habitude de manipuler.

– Tout cela ne me plaît pas du tout, déclara le superintendant, irrité. Jusqu'à preuve du contraire, vous nous avez dissimulé des indices, monsieur Maskun. A ce titre, nous vous considérons désormais comme le principal suspect.

– Vous savez bien que ce n'est pas moi, mais Marie.

– Ne faites pas un pas sans nous en avertir, ordonna Scott Marlow.

*
**

Le révérend Henry Dickens regarda longuement la fiole d'eau bénite et la bible.

– Ni l'une ni l'autre ne m'appartiennent, conclut-il face à Higgins et à Scott Marlow qui attendaient le jugement du dignitaire anglican.

– Ce ne sont tout de même pas des reliques coptes, remarqua le superintendant, acerbe.

– Bien sûr que non... Mais ils ont été volés dans une église.

– Volés? s'étonna Higgins. Pourquoi employez-vous ce terme? Nous ne vous avons donné aucune indication sur l'endroit où nous avions trouvé ces objets.

Henry Dickens sourit.

– Si vous me les montrez, c'est qu'ils accusent les anglicans d'une manière ou d'une autre. Je suppose que les coptes ont encore imaginé une machination quelconque.

Higgins regarda le révérend droit dans les yeux.

– Ces indices ont été trouvés sur les lieux mêmes du crime, révéla l'ex-inspecteur-chef. Ce n'est pas un copte qui les y a déposés. En conséquence, c'est forcément un anglican.

Henry Dickens hocha la tête.

– Un anglican assez stupide pour signer son crime? C'est invraisemblable. Il y a là une énigme, je le reconnais, mais cela ne suffit pas à m'accuser. Je crois plutôt qu'un copte, dont je vous laisse deviner le nom, aura tenté de me faire accuser.

– Il aurait été bien maladroit, lui aussi, objecta Higgins.

– Vos doutes et vos interrogations ne me

concernent pas, inspecteur. Moi, j'ai plutôt de bonnes nouvelles. Pas de manifestation prévue pour demain. Les coptes ont un nouvel Apa à se mettre sous la dent, même s'il est vieux et incompétent. Si les esprits se calment, on oubliera peut-être le meurtre du précédent.

– Ne comptez pas trop là-dessus, recommanda Higgins. Le calme précède toujours la tempête. Et le Yard ne laissera pas courir un assassin.

Le révérend ricana.

– Gardez-moi quand même ce vieillard vivant... Ça nous arrange tous.

⁂

– Tout s'est bien passé, Sir, indiqua à Scott Marlow le policier chargé de diriger les services de sécurité veillant sur l'hôtel particulier de Kensington où résidait l'Apa Tebtounios.

– Aucun incident?

– Aucun, Sir.

– Notre hôte est-il réveillé?

– Depuis peu de temps. Je lui ai fait monter un breakfast.

Le vieux dignitaire fit son apparition peu après 11 heures du matin, descendant avec peine l'escalier monumental de l'hôtel particulier.

– Bonjour, messieurs. Qu'attendez-vous de moi, aujourd'hui? J'irais bien faire une petite prière à l'église.

– Auparavant, Eminence, un entretien avec le révérend Dickens serait peut-être nécessaire, proposa Higgins.

L'Apa Tebtounios accepta, déjà las.

Au moment où Scott Marlow aidait le prélat à s'installer à l'arrière de la Bentley, l'œil de Higgins, qui se trouvait encore sur le trottoir, fut attiré par un détail bizarre : le bruit infernal produit par le moteur d'une motocyclette lancée à pleine allure. L'œil aiguisé de l'ex-inspecteur-chef lui permit de s'apercevoir que la personne conduisant la motocyclette portait un passe-montagne qui lui cachait presque entièrement le visage.

– Attention! prévint Higgins poussant le vieil Apa à l'intérieur de la Bentley.

Jeté par le conducteur du deux-roues, un cylindre d'où émanait une fumée blanche roula en direction de la Bentley.

CHAPITRE 15

La bombe n'explosa pas.

Les spécialistes du Yard expliquèrent à Higgins qu'il s'agissait d'une fabrication très artisanale de médiocre qualité. Un travail improvisé, sans nul doute en raison de l'arrivée inopinée de l'Apa Tebtounios.

Le superintendant Marlow absorba plusieurs rasades de cordial pour se remettre de ses émotions.

– Heureusement, vous aviez l'œil, Higgins... Avez-vous identifié l'agresseur?

– Impossible, mon cher Marlow. Il avait le visage masqué. Il y a un détail, cependant...

– Lequel?

– D'après la silhouette et l'allure, je suis persuadé qu'il s'agissait d'une femme.

– Une femme... Mais qui?

– Nous avons le choix, superintendant : Abigail Westermore, Lady Aicha Wainworth et Marie. Toutes trois étaient capables de trouver l'adresse de cet hôtel particulier.

– L'assassin serait donc une femme...

– Pas de conclusions hâtives, mon cher Marlow.

– Et si nous procédions à l'arrestation des trois? Nous mettrions ainsi l'Apa à l'abri.

– Probablement pas, objecta Higgins. Cette femme n'agit pas seule.

– Un complot! s'exclama Scott Marlow, dépité. Nous sommes tombés sur un complot!

Higgins ne donna pas son opinion sur ce point.

– Etes-vous en état de conduire, superintendant?

– Je crois que oui.

– Eh bien, emmenons notre protégé à son rendez-vous.

*
**

L'entrevue entre l'Apa Tebtounios et le révérend Henry Dickens, accompagné de son assistante Abigail Westermore, eut lieu dans un appartement discret de Kensington appartenant à l'église anglicane. Scott Marlow s'assura lui-même qu'il n'y avait aucun danger. Les volets métalliques de l'appartement furent fermés. Marlow et Higgins s'assirent devant la porte de la pièce où avaient lieu les débats.

Ceux-ci durèrent environ une heure.

Soutenu par une Abigail Westermore en habit noir de clergyman, l'Apa Tebtounios sortit lentement, s'appuyant sur sa canne. Il avait l'air content.

– Je vais servir une collation à son Eminence, annonça Abigail. Le révérend Dickens aimerait vous voir, messieurs.

Scott Marlow réagit avec vigueur.

– Allez-y, Higgins. Moi, je reste auprès de l'Apa.

L'ex-inspecteur-chef acquiesça. Le révérend Dickens l'accueillit dans un vaste bureau assez froid, que n'égayaient guère un grand crucifix et des tableaux religieux.

Le dignitaire anglican était debout, très droit, presque sévère. Son apparence joviale avait disparu.

– Où se trouve votre collègue?

– Auprès de l'Apa Tebtounios pour assurer sa protection rapprochée.

– C'est peut-être plus prudent, en effet.

– Disposeriez-vous d'informations nouvelles, révérend?

– C'est le moins qu'on puisse dire.

Le révérend Henry Dickens resta debout, comme s'il s'apprêtait à distiller un sermon. Par habitude professionnelle, Higgins laissa errer son regard dans tous les angles de la pièce, à la recherche d'un éventuel indice.

– J'ai eu un entretien privé avec Mgr Makarius, révéla le révérend. Ses propos m'ont beaucoup surpris.

– Vous aurait-il mis sur la piste de l'assassin?

– Ce sera à vous de juger, inspecteur. Mon devoir est de vous tenir informé, même si je suis scandalisé.

– A ce point?

– A ce point. Mgr Makarius m'est apparu sous un jour tout à fait nouveau. Je n'imaginais pas que son âme puisse contenir d'aussi basses pulsions. De la part d'un homme qui a voué son existence à Dieu, c'est inacceptable.

– Pourriez-vous être plus précis, révérend?

Henry Dickens poussa un soupir. Ses confidences lui pesaient.

– Mgr Makarius s'est lancé dans une critique

acerbe du règne des Apa. Il jugeait l'Apa Shenouda beaucoup trop ordinaire. Quant au vieillard expédié par Alexandrie, il l'estime incapable de demeurer à Londres plus d'un mois. Il n'admet pas de ne pas avoir été désigné comme le chef de la communauté anglaise qu'il connaît à la perfection. Il m'a quasiment demandé mon aide pour favoriser l'expulsion la plus rapide possible de l'Apa Tebtounios.

– Intéressant, reconnut Higgins. A-t-il été plus menaçant encore?

– Pas dans les mots... Mais j'ai découvert un homme haineux et impitoyable.

– Une graine de meurtrier?

Le révérend Dickens sortit de derrière son bureau et marcha de long en large pour échapper au regard de Higgins.

– Je n'ai pas le droit de donner mon opinion sur ce point. Je peux simplement ajouter que Mgr Makarius m'a avoué avoir fait échouer délibérément les négociations menées en compagnie de l'Apa Shenouda. Il prouvait ainsi qu'un émissaire venu de l'extérieur ne réussirait rien de bon. L'évêque affirmait aussi avoir l'oreille de toute sa communauté et pouvoir le prouver à sa hiérarchie. Dans ces circonstances, vous comprendrez pourquoi la nomination précipitée de ce vieillard incompétent l'exaspère au plus haut degré.

– Si je comprends bien, en effet, vous décrivez Mgr Makarius comme la tête d'un complot qui avait pour but l'élimination de tout concurrent.

– Je n'irai pas jusque-là, inspecteur. A vous de conclure.

– Si je procède à un interrogatoire de Mgr Makarius, confirmera-t-il vos dires?

– Certainement pas. Il niera.

– Je n'ai donc que votre parole.

Le révérend s'immobilisa.

– En effet.

Un silence pesant s'établit. Higgins prit quelques notes.

– Il y a autre chose, inspecteur. J'ai longtemps hésité à vous en parler. Ce n'est pas à l'honneur de l'église anglicane.

La voix du révérend tremblait un peu.

– Je ne voudrais pas violer votre conscience, dit Higgins, tolérant. Si votre confession n'intéresse pas directement l'enquête, ne vous sentez pas obligé de la faire. N'écoutez que votre âme.

Henry Dickens se mordilla les lèvres.

– Précisément, elle m'interdit de me taire... Il me faudra boire le calice jusqu'à la lie.

– Je vois, apprécia Higgins. Il s'agit d'une femme, n'est-ce pas?

Le révérend ouvrit des yeux étonnés.

– Comment... Comment le savez-vous?

– Simple déduction, révérend. J'ignore le reste. C'est à vous de me l'apprendre.

Henry Dickens baissa la tête, comme s'il voulait se parler à lui seul.

– J'ai toujours été opposé à l'ordination des femmes, et j'ai rédigé plusieurs documents pour expliquer ma position. Je vous les communiquerai si vous le désirez.

– Votre bonne foi n'est pas en doute sur ce point, remarqua Higgins, confortablement installé dans un fauteuil, et ne quittant pas des yeux son interlocuteur.

– On aurait dû m'écouter, poursuivit Henry Dickens. En voyant cette Abigail arriver, je savais qu'elle me causerait un maximum d'ennuis. Je ne m'étais pas trompé.

Le révérend avala sa salive, comme si les mots étaient trop difficiles à prononcer.

– Abigail est l'une de ces dangereuses excitées qui croient que les femmes devraient occuper tous les postes de direction et gouverner le monde. Son seul but est de me mettre en difficulté pour prendre ma place.

– C'est pourtant une fort jolie femme, remarqua l'ex-inspecteur-chef.

– En effet, reconnut Henry Dickens.

– A dire vrai, avoua Higgins, j'aurais même cru qu'entre vous...

L'anglican soupira à nouveau.

– Si le Ciel l'avait voulu... Pour ma part, j'aurais été prêt à bien des concessions. Mais Abigail est une véritable mégère. Faire carrière lui est une obsession. Pour elle, je n'étais qu'un obstacle. Elle a préféré faire alliance avec l'adversaire.

– Vous me surprenez, révérend. Une alliance, prétendez-vous?

– Je n'ai pas trouvé d'autre mot pour décrire ce que j'ai vu... Hier matin, je me suis rendu à l'église de Kensington pour y rencontrer à nouveau Mgr Makarius et lui dire ma manière de penser. L'endroit était désert. Je n'ai vu personne. Intrigué, je suis monté jusqu'à la chambre de l'évêque. Sa porte était entrouverte. Malgré moi, j'ai jeté un œil... Ce que j'ai vu, mon Dieu...

Higgins se garda bien d'intervenir, laissant Henry Dickens reprendre son souffle tout en se remémorant l'affreux spectacle qui l'avait bouleversé. Ce n'était pas le moment de briser un tel élan.

– Je l'ai vue, continua-t-il, très ému... Elle, Abigail, assise sur les genoux de Mgr Makarius qui lui caressait les cheveux... Un religieux de sa stature... Mon Dieu, pourquoi laisser l'espèce humaine tomber si bas?

Higgins avait allongé la liste des notes consacrées à Abigail Westermore et à Mgr Makarius. Leur rôle apparaissait comme de plus en plus déterminant.

– Etes-vous entré dans la chambre de l'évêque?

– Non, répondit Henry Dickens. Je me demande encore comment mon cœur a résisté. J'aurais dû être terrassé par l'indignation. Je ne sais pas combien de temps j'ai observé cette scène abominable. J'ai réussi à m'extraire de cette torpeur et je me suis enfui. J'ai eu l'impression de sortir de l'enfer.

Henry Dickens, à peine soulagé par sa confession, se voila la face. Higgins lui accorda quelques instants pour reprendre ses esprits.

– Avez-vous parlé de cette scène à Abigail Westermore?

Le révérend eut un haut-le-cœur.

– Inspecteur! Vous n'y pensez pas!

– Dans un sens, admit l'ex-inspecteur-chef, vous avez eu raison. A présent, vous savez qu'elle vous trahit. Elle a eu connaissance du dossier concernant vos relations avec les coptes et elle les a certainement informés de toutes vos intentions.

Dépité, Henry Dickens se rassit.

– Que dois-je faire, inspecteur? La dénoncer à ma hiérarchie?

– Encore un problème de conscience, révérend. Vous le réglerez quand l'enquête criminelle sera terminée. Pour le moment, demeurez silencieux. Ne faites pas savoir à l'ennemie que vous l'avez identifiée. Continuez à vous comporter avec elle comme si de rien n'était.

– Ce ne sera pas facile...

– Rien n'est simple dans cette affaire, révérend. Nous avons tous d'énormes efforts à accomplir.

*
**

A l'arrière de la Bentley, l'Apa Tebtounios s'était endormi. Scott Marlow essayait de conduire sans à-coups pour ne pas réveiller l'auguste vieillard. Jouer les gardes-chiourme en risquant sa carrière au moindre incident exaspérait le superintendant. Pour voir la fin de ce calvaire, il aurait fallu discerner le visage d'un assassin à l'horizon.

Mais rien de tel ne se profilait.

– Pourquoi désirez-vous aller à Sydney Street? demanda Marlow à Higgins.

– Pour y rencontrer quelqu'un qui pourrait nous aider à progresser.

– Mais... C'est Abigail Westermore qui habite dans cette rue!

– Je m'en souvenais, mon cher Marlow.

– Croyez-vous qu'elle soit mêlée à cette affaire?

– D'après les confidences du révérend Dickens, elle aurait partie liée avec les coptes.

– Incroyable... Mais alors... Serait-elle aussi complice du meurtre de l'Apa Shenouda, voire même son instigatrice?

– Je vais tenter de le savoir.

– Méfiez-vous, Higgins. C'est une tigresse. Elle n'a peur de rien ni de personne. Moi, je reste avec le vieillard. Hors de question de le laisser sans surveillance.

Le révérend Abigail Westermore se trouvait chez elle. Elle ouvrit peu après le coup de sonnette de l'ex-inspecteur-chef. Des bigoudis dans les cheveux et une casserole à la main, la jeune femme avait un maintien peu ecclésiastique.

– Inspecteur! Je termine un pudding aux raisins verts... Désirez-vous le goûter? Encore un quart d'heure et il sera parfait.

– Ce serait avec plaisir, si la raison de ma visite n'était pas aussi grave.

– Ah... En ce cas... Je devrais peut-être m'habiller et...

– Oublions les apparences. Puis-je entrer?

Abigail Westermore s'écarta, la casserole collée contre sa poitrine comme un bouclier protecteur.

– Autant vous l'avouer, inspecteur, déclara-t-elle dans un souffle, je crois être envoûtée.

Higgins considéra la rousse avec attention.

– Voilà qui est sérieux, en effet. Par qui?

– Vous ne me croirez jamais, inspecteur.

La rousse s'adossa à un mur.

– J'essayerai quand même.

– Mgr Makarius.

– Un évêque désenvoûteur... Comment cela s'est-il produit?

Abigail Westermore invita Higgins à pénétrer dans son living-room. L'ex-inspecteur-chef retrouva le même monde glacial, avec ses tableaux modernes, les meubles sans âme et le parquet ciré. Le crucifix géant aux dorures étincelantes continuait à hanter la pièce de sa présence.

Abigail Westermore s'effondra dans un fauteuil aux formes lourdes.

– C'est une bien curieuse histoire, inspecteur... Il y a deux jours, alors que je me promenais sur les quais en réfléchissant à ce crime mystérieux, j'ai vu quelqu'un qui marchait trop près du bord. Ses pas étaient hésitants, comme ceux d'un ivrogne. J'ai appelé, je me suis approchée. Je me suis aperçue qu'il s'agissait d'un individu de petite taille, vêtu de noir. Il s'est retourné. J'ai cru mourir de peur. Quel horrible visage! Je ne l'oublierai jamais! Il avait les yeux percés verticalement... Deux longues fentes vides... J'ai reculé, horrifiée... « Je suis monseigneur Makarius, a dit ce démon, et j'ai pris possession de toi. »

La fougueuse Abigail Westermore semblait avoir perdu toute énergie.

– Je suis allée voir l'évêque copte... Je n'ai pas pu demeurer dans l'incertitude. Il m'a accueillie comme un père reçoit sa fille. Ce genre de maléfice ne l'a pas du tout étonné. Il m'a expliqué que de nombreux mauvais génies erraient dans Londres depuis l'assassinat de l'Apa Shenouda. Tant que le meurtrier n'aura pas été identifié, ils prendront les formes les plus diverses et attaqueront les protagonistes de l'enquête.

Higgins était planté face au crucifix dont il inspectait le moindre détail.

– De quelle manière vous a-t-il aidée?

– Il m'a accordé une grâce spéciale pour me délivrer du démon. Il a sorti d'une armoire un récipient de terre cuite où des femmes avaient pétri du pain. L'objet avait été utilisé pour des baptêmes et, normalement, aurait dû être détruit. Mais Mgr Makarius en sauve un de temps à autre pour pratiquer des désenvoûtements. Il a bien voulu m'en consacrer un. En le brisant, il m'a délivrée. Du moins, c'est ce qu'il a prétendu. Moi, je n'en suis pas tout à fait certaine. J'ai fait plusieurs cauchemars, cette nuit. Toujours ce visage aux fentes verticales... Je crois que je vais retourner voir Mgr Makarius. Il a été si bon avec moi...

Higgins délaissa le crucifix et s'approcha d'un buffet carré d'une extrême lourdeur. Il en ouvrit les portes.

– Qu'est-ce que vous faites, inspecteur?

– Rien d'important... Mgr Makarius semble vous avoir beaucoup impressionnée.

Abigail Westermore leva les yeux vers le plafond.

– Impressionnée... Oui, c'est cela... J'avais une haine instinctive de ces coptes. Grâce à lui, elle s'est dissipée. J'ai rencontré un homme attentif, généreux, n'hésitant pas à rendre service à une femme qui était pourtant son adversaire la plus résolue. Comment ne serais-je pas reconnaissante?

Higgins s'accroupit et regarda sous le canapé.

– Vous est-il arrivé... de vous asseoir sur ses genoux?

– Je ne m'en souviens plus, répondit Abigail Westermore d'une voix langoureuse. Peut-être pour des raisons religieuses, en effet... Il était le père, je devenais sa fille qu'il protégeait. Il n'y a rien de répréhensible à cela. Rien du tout.

Higgins termina l'examen des meubles.

– Quand devez-vous vous revoir?

– C'est à moi de décider, inspecteur.

– Vous rendez-vous compte que vous pourriez passer pour une sorte de renégate?

La question posée par l'ex-inspecteur-chef fit sortir Abigail Westermoe de son rêve éveillé.

– Renégate, moi? Mais c'est une infamie! On peut estimer un individu sans prendre parti pour ses idées! Mon devoir est de seconder Henry Dickens et je le remplirai.

Higgins tendit la main à la femme rousse et l'aida à se lever.

– Voudriez-vous m'emmener dans votre chambre?

La peau laiteuse d'Abigail Westermore devint cramoisie.

– Inspecteur... Mais pour qui me prenez-vous?

– Pour une voleuse. Si la statuette de Zagazig ne se trouve pas dans ce living-room, c'est qu'elle est cachée dans votre chambre.

CHAPITRE 16

Abigail Westermore bondit vers la porte de sa chambre et fit un barrage de son corps.

– Personne n'entrera ici. Vous n'avez pas le droit.

– Je mène une enquête criminelle, rappela Higgins avec calme.

Le regard de l'ex-inspecteur-chef était si impérieux qu'il effraya l'anglicane. Elle résista quelques instants encore, puis s'effaça.

– Ne me jugez pas sur les apparences, recommanda-t-elle.

Higgins ouvrit la porte.

La chambre de l'anglicane était en désordre : lit défait, sous-vêtements éparpillés, armoire entrebâillée. Les investigations de l'ex-inspecteur-chef ne furent ni longues ni difficiles. La statuette noire de Zagazig était cachée sous le polochon.

– Comment expliquez-vous la présence de cet objet ?

– Je... Je ne l'explique pas... Quelqu'un a dû...

Higgins prit la statuette avec précaution. Elle n'était pas d'une grande beauté mais avait l'inimitable patine de ces chefs-d'œuvre anciens qui avaient attiré la vénération des générations passées.

– Ne mentez pas davantage, recommanda l'ex-inspecteur-chef. Cela ne ferait qu'aggraver votre situation.

Abigail Westermore interrogeait Higgins du regard. Affolée, elle n'osait imaginer les paroles qu'il allait prononcer.

– Je rapporte cette statuette à ses propriétaires, déclara-t-il.

– Quelles explications leur donnerez-vous?

– Nous verrons cela plus tard. Abstenez-vous de revoir Mgr Makarius et tenez-vous-en à votre fonction officielle. Gardez également le silence sur ma... trouvaille.

Quand Higgins quitta l'appartement, le cœur de la rousse battait la chamade.

*
**

Pendant que l'Apa Tebtounios dormait sur le siège arrière de la Bentley, Higgins indiqua à Scott Marlow qu'il venait de retrouver la statuette de Zagazig volée chez les coptes. Un détour par Scotland Yard s'imposait pour y déposer le précieux objet. Le superintendant demanda à son collègue pourquoi il ne rendait pas la relique aux coptes. Higgins répondit qu'il serait bien temps de procéder à cette restitution.

Il était bon, d'après l'ex-inspecteur-chef, qu'un certain nombre de personnes continuent à croire que la statuette demeurait introuvable.

– Et si Abigail Westermore nous trahit?

– Je suis persuadé qu'elle se taira.

– Mais en quoi est-elle reliée au meurtre de l'Apa Shenouda?

– L'essentiel, mon cher Marlow, est le retour au calme dans la rue. Il nous permet de disposer d'un peu plus de temps pour découvrir l'identité de l'assassin.

*
**

Dans sa boutique de Coptic Street, Macaire réfléchissait. Il manquait rarement d'entrain au travail mais aujourd'hui, le moindre geste le fatiguait. Il éprouvait la plus grande difficulté à se concentrer sur la préparation même de ses potions. Un simple grain de sable pouvait enrayer la belle machinerie mise au point. Tout fonctionnait encore à la perfection, mais l'apothicaire redoutait un coup dur. Peut-être aurait-il dû être moins discret, se procurer davantage d'appuis. A son âge, tous les risques n'étaient pas bons à prendre. Mais comment reculer, à présent? Bien qu'il fût en désaccord avec la manière dont les choses s'étaient passées, Macaire devait continuer à se taire et à agir.

Néanmoins, il y avait cet impondérable, ce stupide accident de parcours qui pouvait se transformer en catastrophe s'il ne prenait pas de précautions. A qui en parler sans dévoiler l'exacte vérité?

La lumière vint.

Pourquoi n'y avait-il pas pensé plus tôt?

*
**

Marie, la fille de Macaire, s'était enfermée dans sa chambrette pour réfléchir.

Le dernier service qu'elle avait été obligée de rendre lui faisait envisager l'affaire sous un jour tout à fait différent. Pourquoi ne le lui avait-on pas confié dès le début? Sans doute cela était-il mieux ainsi. Elle avait fait son apprentissage sur le terrain. Ce qu'elle croyait deviner semblait tout à fait extraordinaire.

Se taire, continuer à se taire. Avait-elle d'autres possibilités?

*
**

Mgr Makarius commençait à perdre pied. Jamais il n'avait été aussi nerveux. Depuis quelque temps tout allait de travers. Pendant longtemps, il avait cru qu'il atteindrait son but sans faire trop de dégâts. Mais la réalité avait contrecarré ses plans initiaux. Et il avait été obligé d'agir...

Comment un homme aussi expérimenté que lui avait-il pu commettre une telle erreur? Comment avait-il pu tomber dans le piège que lui tendait cette femme? Par son bavardage, il offrait à ses adversaires le moyen de remonter jusqu'à lui. A ses adversaires... et peut-être même à Scotland Yard. Mgr Makarius était allé trop loin pour pouvoir reculer.

Il sursauta quand l'ex-inspecteur-chef franchit la barrière de l'iconostase pour pénétrer dans le chœur de l'église copte de Kensington. Seules deux lampes à huile dispensaient un très faible éclairage. Les icônes des saints demeuraient dans les ténèbres.

– Puis-je vous parler, Eminence? demanda Higgins.

Le visage inquiet de Mgr Makarius émergeait à peine de la pénombre.

– Je priais, inspecteur. Si ce n'est pas urgent...

– Je crains malheureusement de devoir vous importuner sans délai.

– Pour quelle raison?

Higgins jeta un regard admiratif au grand lustre de cristal. La paisible atmosphère de l'église lui plaisait. Les coptes avaient su recréer une enclave sacrée au cœur de Londres. Mais ceux qui l'habitaient ne s'en montraient pas toujours dignes.

– J'hésite encore, admit l'ex-inspecteur-chef. Faut-il vous accuser de trafic d'objets cultuels ou de meurtre?

L'évêque recula la tête, tentant d'échapper au peu de lumière qui le rendait visible.

– De meurtre? Moi, un homme de Dieu et un apôtre de la paix?

– Une paix toute relative, estima Higgins. L'arrivée de l'Apa Tebtounios n'a pas déclenché en vous une vague d'enthousiasme.

– Alexandrie commet parfois des erreurs administratives. Ce malheureux vieillard ne connaît rien à nos problèmes.

– On a quand même tenté de l'assassiner pour s'en débarrasser au plus vite.

Mgr Makarius avança le buste vers Higgins.

– Qui a osé? Qui cherche à nous détruire ainsi?

– J'avais espéré que vous le sauriez.

– Je ne quitte pas ce lieu de méditation et de prière, inspecteur. Ma vie est consacrée à la glorification du Seigneur et à la glorification de son nom.

Higgins avait des yeux de chat, son signe astrologique selon la tradition orientale. Il voyait dans l'obscurité. C'est pourquoi il commençait à admirer les icônes du chœur de l'église de Kensington. L'une d'elles représentait une magnifique Vierge à l'enfant, où la tendresse majestueuse de la mère de Dieu avait été évoquée avec une rare finesse.

– Ces activités pieuses vous laissent quelque loisir, Eminence, notamment pour soustraire des objets du culte et les utiliser lors de cérémonies magiques. Combien faites-vous payer les désenvoûtements... privés?

Un long silence s'établit. Higgins continua à regarder la Vierge.

– Tout ce qu'on a pu vous dire est faux, déclara Mgr Makarius d'une voix étranglée, et je jure...

– Vous n'iriez quand même pas jusqu'au parjure? s'étonna Higgins.

Mgr Makarius éleva ses mains jointes à hauteur de sa poitrine.

– L'idée n'est pas de moi et l'argent revient à notre Eglise qui a de gros besoins. Les désenvoûtements sont effectifs. Aucun médecin britannique ne serait capable de délivrer du démon les malheureuses créatures qui en sont prisonnières. Je fais œuvre de charité, inspecteur.

– Qui a eu l'idée de ces actes... charitables?

– Macaire, répondit Mgr Makarius sans hésiter. Il est commerçant dans l'âme. Sans lui, notre Eglise n'aurait pu survivre. Il nous donne aussi une bonne part de ses bénéfices. Les plantes et les décoctions connaissent un grand succès dans la bonne société britannique.

Higgins quitta la Vierge à regret.

– Je vous laisse, Eminence. Merci pour votre collaboration.

L'ex-inspecteur-chef franchit l'iconostase.

Mgr Makarius s'épongea le front. Par bonheur, ce dangereux policier n'était au courant de rien. Le prélat n'aurait pu opposer aucun système de défense. En tirant sur le bon fil, Dieu seul savait jusqu'où Higgins aurait pu remonter!

Mgr Makarius crut mourir de saisissement quand, se levant, il découvrit Higgins devant lui. Il ne l'avait pas entendu revenir. L'homme du Yard se déplaçait aussi silencieusement qu'un félin.

– Un dernier détail, Eminence. Ne cherchez pas à revoir Abigail Westermore. Cela ne pourrait que vous nuire.

***

« Tout allait presque pour le mieux dans le moins mauvais des mondes possibles », pensait Scott Marlow. Les rapports qu'il adressait quotidiennement au grand patron du Yard se voulaient rassurants. La Couronne se faisait moins pressante, dans la mesure où les coptes avaient cessé de manifester dans la rue. Le vieil Apa Tebtounios ne remplissait que deux activités majeures : dormir et discuter avec les leaders les plus activistes de la communauté copte pour leur affirmer que ses positions ne variaient pas. Scott Marlow rassurait le vieillard en lui affirmant que l'enquête de Scotland Yard était sur le point d'aboutir.

Le superintendant sentait bien que cette zone d'accalmie ne durerait pas. Lorsque la Couronne, d'un côté, et les coptes, de l'autre, comprendraient que lui et Higgins ne disposaient d'aucune piste sérieuse et qu'ils étaient incapables de produire un résultat, leur mécontentement serait à son comble.

Le ressentiment de Marlow à l'encontre de l'ex-inspecteur-chef n'en était que plus vif. Au lieu de s'acharner et de se concentrer sur le plus infime détail, Higgins prenait des loisirs. Il avait tout bonnement décidé de passer deux jours au British Museum pendant que le superintendant rédigeait des rapports et veillait sur l'Apa Tebtounios. Cette insouciance avait souvent été reprochée à Higgins, même s'il obtenait les résultats les plus inattendus. Dans l'esprit de Scott Marlow, une enquête était une enquête. Rien ne justifiait que l'on s'en écartât, fût-ce une estimable passion pour l'archéologie.

Higgins était bien au British Museum, mais pas dans les salles d'exposition. Connaissant le conservateur en chef depuis de nombreuses années, il avait obtenu l'autorisation d'accéder au fonds de manuscrits coptes accumulés par les archéologues anglais du début du siècle, dont le plus illustre était l'infatigable Sir Petrie. Un grand nombre de ces documents prouvait que bien des éléments de l'antique religion égyptienne étaient passés, plus ou moins dissimulés, dans la tradition chrétienne. L'ex-inspecteur-chef savait qu'une connaissance approfondie de la religion copte et de sa hiérarchie était indispensable pour résoudre l'énigme. Ceux qui brouillaient les cartes depuis le début de cette affaire, n'hésitant pas à aller jusqu'au meurtre, agissaient en fonction de critères fort précis.

C'est en relisant la vie tumultueuse de l'Apa Shenouda, qui avait passé le plus clair de son temps, au Ve siècle de notre ère, à lutter contre une multitude de démons, que la lumière jaillit enfin. Cette fois, les éléments épars se rassemblaient pour former un ensemble cohérent.

Une vague intuition avait bien tenté d'emmener Higgins sur ce sentier-là, mais les exigences de l'ordre et de la méthode l'avaient contraint à différer sa conclusion. Reprenant ses notes, l'ex-inspecteur-chef constata, non sans un certain étonnement, que tout se tenait.

Le mystère de Kensington... Comment décrire autrement cette affaire criminelle des plus extravagantes?

*
**

Macaire ne s'attendait pas à une telle explosion de colère. Il redoutait, certes, les foudres d'un élément qu'il considérait comme extrêmement dangereux. Il l'avait signalé à plusieurs reprises, mais personne ne l'avait écouté. A cet instant, Macaire éprouvait une réelle appréhension. Contenir de tels débordements n'était pas de son ressort.

L'apothicaire avait le sens du secret. C'était l'une des raisons essentielles pour lesquelles il avait été choisi. En ces circonstances, il se devait d'adopter un comportement inhabituel en espérant qu'il ne lui serait pas reproché.

– Je vais préparer ce que vous me demandez, annonça-t-il. Patientez. Cela demandera quelque temps.

Macaire s'engouffra dans l'arrière-boutique et se précipita sur le téléphone pour appeler Scotland Yard. On lui passa rapidement le bureau du superintendant Marlow qui mettait la dernière main à son rapport quotidien.

– Ici Macaire, l'apothicaire... J'aimerais que vous veniez tout de suite à mon magasin de Coptic Street.

– Pour quelle raison?

– Désirez-vous connaître les dessous de l'affaire qui vous occupe?

– Bien entendu. Mais il faut m'en dire davantage.

– La statue noire de Zagazig, ça vous suffira?

Le superintendant sentit qu'il pouvait pousser à fond son avantage.

– Qui a tué l'Apa Shenouda, monsieur Macaire?

– L'Apa Shenouda, vous...

Ce furent les derniers mots prononcés par Macaire.

Scott Marlow entendit des bruits de verre cassé, des hurlements et puis plus rien.

***

Quand le superintendant arriva sur les lieux, il découvrit un local complètement dévasté. Presque tous les bocaux contenant des plantes avaient été brisés.

Dans l'arrière-boutique, le crâne fracassé, gisait le cadavre de Macaire.

CHAPITRE 17

Quand Higgins arriva à la boutique de Coptic Street, l'Identité judiciaire avait terminé son travail, prenant un maximum de photographies. Le corps de Macaire avait été emporté à la morgue. Le premier examen du légiste ne laissait aucune place au doute : le crâne du malheureux apothicaire avait été défoncé avec un bocal, dont les morceaux tachés de sang gisaient à côté du cadavre.

Etant donné la faible constitution de Macaire, l'agresseur n'avait pas eu besoin d'une grande force physique pour faire passer le petit homme de vie à trépas.

Scott Marlow ne cacha pas son mécontentement.

– Enfin, Higgins! On assassine un second copte et vous usez votre temps dans les musées! Est-ce bien raisonnable?

– Pour ne rien vous cacher, mon cher Marlow, je menais quelques recherches concernant notre affaire.

– Ah... Furent-elles concluantes?

– D'une certaine manière. Que s'est-il passé, ici?

– Encore des ennuis en perspective, je le crains... Ce Macaire m'a donné un étrange coup de téléphone avant d'être assassiné. J'ai même entendu les bruits de l'agression. Hélas, nous sommes arrivés trop tard.

Higgins était pensif.

– Il se savait donc menacé... A-t-il eu le temps de vous donner quelques indications sur la raison de son appel?

– Il m'a parlé de la statuette de Zagazig comme susceptible de révéler les dessous de cette affaire.

– La statuette de Zagazig, répéta Higgins, dubitatif. Comme c'est intéressant... Rien de plus?

– Rien de plus.

Higgins fit quelques pas dans ce qui avait été une boutique d'apothicaire proprette et bien rangée. L'assassin avait agi avec une totale sauvagerie, ne laissant aucune étagère intacte, piétinant les plantes, répandant sur le sol décoctions et mixtures. Ce n'était pas seulement Macaire qu'on avait voulu détruire, mais l'univers dans lequel il avait vécu.

L'ex-inspecteur-chef éprouvait toujours un profond malaise devant un champ de ruines. Voir dévaster une œuvre, si humble fût-elle, l'atterrait. Fallait-il porter en soi-même le germe du néant pour se livrer à de tels actes!

Higgins ramassa quelques morceaux de plantes. L'apothicaire avait accumulé un véritable trésor fait d'une longue expérience et d'une connaissance approfondie des traditions coptes les plus anciennes. Il y avait dans cette pharmacopée des remèdes pour toutes sortes de maux, des plus bénins aux plus graves.

– A quel endroit précis du crâne fut administrée la blessure mortelle? demanda l'ex-inspecteur-chef au superintendant.

– En plein front.

– Macaire a donc été agressé de face. Il a certainement vu son assassin.

– Celui qui venait récupérer la statuette de Zagazig, estima Scott Marlow. Il avait la certitude que Macaire était le voleur.

– C'est une interprétation, reconnut Higgins. Ce n'est peut-être pas la meilleure.

Le superintendant fut quelque peu vexé. Il eut le sentiment que l'ex-inspecteur-chef ne parlait que pour le contrarier.

– Que proposez-vous d'autre?

– Les plantes, mon cher Marlow... Les plantes. Elles sont l'explication.

– C'est-à-dire?

– Il faut encore réfléchir... Mais nous sommes sur la bonne voie.

Une fois de plus, Higgins restait solitaire et refusait de se confier. Cette attitude exaspérait le superintendant. Il n'eut pas le temps d'adresser des reproches à son collègue car, sur le seuil de la boutique, apparut Marie, la fille de l'apothicaire. Marie avait brutalement vieilli de plusieurs années. Elle se tenait très droite, immobile, comme statufiée, contemplant les lieux où elle avait passé son adolescence.

– Mon père, murmura-t-elle, où est mon père?

Higgins s'approcha d'elle.

– Il est mort, mademoiselle. Une agression. Il a été tué sur le coup.

– Mon père... Pourquoi lui? Il était le meilleur d'entre nous, le meilleur... Si seulement il avait eu confiance en moi... Si seulement il m'avait fait partager tous ses soucis... Mais je ne suis qu'une femme.

Ses longs cheveux pendant sur ses épaules, le teint très pâle, Marie ressemblait à la belle Vierge de l'icône.

– Personne ne pourra remplacer votre père, mademoiselle, dit Higgins avec gravité. Mais j'aimerais partager certains soucis avec vous.

La douce jeune fille s'anima d'une véritable fureur.

– Laissez-moi seule avec ma douleur. Vous croyez que j'ai un secret? Eh bien oui, j'en ai un. Mais vous ne le connaîtrez jamais. Je n'ai pas besoin de vous pour venger mon père. Scotland Yard est un refuge d'incapables. Laissez donc Henry Dickens et Abigail Westermore en liberté! Vous aurez bientôt d'autres cadavres.

***

Scott Marlow était plutôt fier de lui. Il avait réussi, tant auprès de sa hiérarchie que devant la presse, à dissocier complètement le meurtre de l'Apa Shenouda – dont le coupable serait bientôt arrêté – de celui de Macaire. L'assassinat de l'apothicaire copte avait un mobile évident : le vol. Il s'agissait, sans nul doute, d'un crime crapuleux imputable à un rôdeur. Dans ce genre de cas, la tâche de la police n'était jamais facile. Mais le Yard mettrait tout en œuvre pour arrêter l'auteur de cet acte odieux.

Pendant que le superintendant se débattait avec l'opinion publique, Higgins s'était rendu à l'église copte de Kensington. Au début de l'après-midi, elle était presque déserte. Deux vieilles femmes en prière étaient agenouillées devant l'iconostase.

Higgins s'assura que personne ne l'épiait et monta directement jusqu'à la chambre de Mgr Makarius. Ce dernier s'y trouvait.

– Nous avons appris la terrible nouvelle par Marie, inspecteur. Quelle abomination! Encore un membre de notre communauté qui disparaît dans d'horribles circonstances... Croyez-vous que l'assassin de l'Apa Shenouda ait frappé de nouveau?

– La croyance ne fait pas partie de mes outils de travail, répondit Higgins. J'ai le devoir de démontrer ce que j'avance. L'heure viendra.

La prédiction de l'ex-inspecteur-chef ne parut pas réjouir le prélat.

– Vous connaissez donc le coupable?

– Je suis venu vous demander une faveur, Eminence. Puisqu'il y a eu meurtre, le cadavre de Macaire sera autopsié. Mais vous n'allez pas attendre bien longtemps avant de célébrer une cérémonie pour le repos de son âme.

– En effet... ce soir même.

– J'aimerais y assister.

– Impossible, inspecteur! Cette cérémonie est réservée à la famille! Cyrille Maskun est en train de la préparer.

– La vérité n'est-elle pas sensiblement différente? Ne s'agit-il pas plutôt d'un rituel magique auquel nul profane ne doit être admis?

– Si l'on veut, inspecteur, si l'on veut...

– Rassurez-vous, Eminence. Je ne suis pas tout à fait un profane. J'ai déjà eu l'occasion de participer à ce genre de rituel. Il vous suffira de me prêter une robe noire. Je me tiendrai derrière une colonne et personne ne s'apercevra de ma présence.

– Impossible, inspecteur, tout à fait impossible.

Higgins eut un bon sourire.

– Nous sommes entre gens raisonnables, Eminence. Nous devrions nous entendre.

***

Le rituel de glorification de l'âme de Macaire eut lieu peu avant minuit dans la chapelle qui avait abrité la statuette de Zagazig. Etaient présents Mgr Makarius, Cyrille Maskun, Marie et une vingtaine de personnes liées de manière plus ou moins étroite à l'apothicaire disparu. Tous avaient un capuchon rabattu sur le visage, ce qui arrangeait Higgins.

Cyrille Maskun, avec son exaltation coutumière, dirigea le rituel qui commença par une série de prières pour le repos du défunt. Celles-ci terminées, la cérémonie changea de nature.

– Nous sommes réunis pour interroger les esprits et leur demander le nom de l'assassin de Macaire, annonça-t-il d'une voix enfiévrée. Je vais faire apparaître l'âme de l'ange dangereux dans le corps de Marie.

La jeune femme, très pâle, s'approcha du prêtre. Elle était vêtue d'une robe blanche serrée à la taille. Livide, elle semblait perdue dans un autre monde. Cyrille Maskun lui tendit une coupe remplie d'un liquide rougeâtre qu'elle absorba d'un trait. Marie se déchaussa et commença à tourner lentement sur elle-même. Cyrille Maskun brûla de l'encens pour apaiser les esprits de la terre et prononça sept incantations pour attirer les démons errant entre ciel et terre, et plus particulièrement ceux qui provoquaient la maladie et la mort.

Au fur et à mesure qu'il prononçait les paroles magiques, la danse de Marie devenait de plus en plus frénétique. La jeune femme agitait les bras dans tous les sens. Elle tournoyait, bondissait, gesticulait. Ses yeux étaient vides. Sa danse hallucinée dura plus d'une demi-heure.

Epuisée, la bave aux lèvres, la jeune femme s'effondra au milieu de la pièce.

Cyrille Maskun s'approcha de la possédée et s'agenouilla devant elle.

– Parle, démon, parle! Qui a tué Macaire?

Le corps de Marie fut secoué de violents soubresauts.

– Parle, je te l'ordonne!

– Non, non! hurla Marie.

– Parle!

La jeune femme se détendit. Elle devint immobile.

Soudain, une voix très grave sortit d'elle. Une voix qui n'était pas la sienne.

– Je ne connais pas l'assassin. Ce n'est pas moi qui ai tué Macaire. Ce n'est pas un de nos esprits qui a tué Macaire.

*
**

Scott Marlow était dépité. Il espérait, en dépouillant les papiers trouvés dans l'arrière-boutique de Macaire, découvrir une liste de clients et pouvoir mener une série d'interrogatoires. La déception fut cruelle. Macaire ne tenait ni comptabilité, ni inventaire, ni registre d'acheteurs. Ses papiers n'étaient que des recueils de prières coptes recopiées de sa main.

Higgins était d'une humeur parfaitement égale qui scandalisait le superintendant. Comment pouvait-on demeurer aussi serein alors que l'on piétinait de manière lamentable à cause de deux meurtres inexpliqués?

– Vous devriez mettre quelques fleurs dans votre bureau, mon cher Marlow. Elles le rendraient plus attrayant.

– Je n'ai pas l'âme bucolique, Higgins. Et j'ai surtout bien d'autres soucis. Vous rendez-vous compte que nous sommes au point mort, avec ces deux cadavres?

L'ex-inspecteur-chef ne releva pas une expression qu'il jugeait malheureuse. Il se contenta de sortir son carnet noir et de le compulser.

– Nous avons appris beaucoup de choses au cours de cette enquête, mon cher Marlow, mais la plupart d'entre elles nous éloignent de la vérité.

Le superintendant fronça les sourcils.

– Quelqu'un organise-t-il cette manipulation?

– Un individu exceptionnel, en effet.

– L'assassin, bien entendu.

Higgins demeura étrangement muet.

Scott Marlow connaissait suffisamment son collègue pour comprendre que la réalité était beaucoup plus complexe qu'il ne l'avait imaginée jusqu'à présent.

– Il y a donc deux assassins, n'est-ce pas?

– Ce n'est pas impossible, superintendant. Nous avons entendu tant de mensonges depuis quelques jours que la vérité sera une véritable eau-de-vie. Et je ne parle pas des omissions volontaires destinées à nous égarer.

– Quoi qu'il en soit, nous ne pouvons demeurer longtemps dans l'expectative. Le grand patron exige des résultats rapides. Nous devrions profiter de l'absence de manifestations pour faire pression sur les coptes. Il est évident que Mgr Makarius est un fieffé dissimulateur.

– C'est parfaitement exact.

– Et ce Cyrille Maskun... Un vrai dément, capable des pires violences... Je le vois assez bien défonçant le crâne d'un homme sans défense.

– C'est un mystique, rappela l'ex-inspecteur-chef. Les mystiques les plus doux accomplissent parfois des actes insensés ou cruels que personne n'avait prévus.

Scott Marlow, par petites touches, essayait de percer les défenses de son collègue et de découvrir ce qu'il pensait vraiment. Jusqu'à ce jour, personne n'avait pu s'en vanter. Le superintendant ne désespérait pas d'y parvenir.

– Ne jugez-vous pas que nous avons été bien trop tolérants avec les anglicans? Le révérend Henry Dickens, hélas, est un personnage parfois douteux. Il connaît si bien les coptes qu'il finit par leur ressembler. Ses relations avec Mgr Makarius ne me plaisent guère.

– Vous n'avez pas tort, superintendant.

– Et cette Abigail Westermore... N'est-elle pas une voleuse? Pourquoi ne pas l'arrêter? Cela pourrait déclencher des réactions en chaîne.

– Sans aucun doute. Mais elles ne seraient pas forcément positives.

– Hmmm... Un autre meurtre?

– Pour être franc, mon cher Marlow, je n'avais pas prévu l'assassinat de Macaire et je le regrette. Très sincèrement, ni vous ni moi n'avions la possibilité de sauver la vie de ce malheureux.

– Je l'avais pourtant au bout du fil.

– Il était déjà trop tard. Vous n'avez rien à vous reprocher, superintendant. Macaire a commis une erreur de jugement qui lui a coûté la vie. Lui, d'ordinaire si méfiant, a mal apprécié le danger qu'il courait.

Le ciel de Londres se couvrait. De gros nuages noirs s'amoncelaient. Les services de la météorologie annonçaient une longue période pluvieuse avec une température en chute libre. « Plutôt bon signe », avait pensé Higgins en lisant le *Times*.

– Permettez-moi de ne pas comprendre votre placidité, insista Scott Marlow. J'ai le sentiment que cette enquête ne vous pose plus aucun problème alors que l'horizon semble complètement bouché.

– Il y a du vrai dans ces deux jugements, mon cher Marlow.

– Ne pouvons-nous prendre aucune initiative?

Higgins réfléchit.

– Il y en a une qui pourrait nous offrir des résultats intéressants. Mais j'ai peur de heurter votre sens moral, superintendant.

– De quoi s'agit-il? s'inquiéta Scott Marlow, qui redoutait certaines actions menées par Higgins, à la limite de la légalité.

– L'église de Kensington est le centre du mystère. Certains suspects n'en sortent jamais. Pourtant, ils ont une liaison privilégiée avec l'extérieur. Une liaison qui est l'un des aspects cachés de cette affaire. Par conséquent, si vous êtes d'accord, il nous faut tendre un piège.

CHAPITRE 18

Marie échappait difficilement à une tristesse qui lui ôtait toute force. Elle ne se souvenait pas d'avoir joué un rôle quelconque dans la cérémonie magique. La disparition de son père avait ouvert devant ses pas un précipice dans lequel elle aspirait à tomber pour oublier la souffrance qui lui serrait la gorge. Mais une exigence intérieure l'empêchait de sombrer dans le désespoir.

Elle devait assumer sa fonction. Celle que lui avait confiée son père et qu'elle devait continuer à remplir au-delà de son décès.

Sans elle, l'église copte de Kensington deviendrait un bastion isolé et perdu au cœur de la capitale britannique. Elle assurait certaines liaisons qui devaient rester secrètes pour que survive et se développe la communauté copte.

Comme chaque semaine, le même jour, à la même heure, Marie se rendit à la poste de Kensington. Cette fois, elle était porteuse de deux enveloppes. Ne faisant confiance qu'aux préposés, elle s'adressait toujours au même guichet pour être bien certaine que ses missives partiraient.

Elle tendit donc ses deux lettres à l'employé en

blouse grise. Il les prit d'un geste rapide qui étonna la jeune femme.

Le temps de le reconnaître, il était trop tard.

– Inspecteur Higgins! Mais que faites-vous ici... C'est illégal!

Higgins sortit de derrière le guichet, les deux lettres à la main.

Paniquée, Marie tenta de s'enfuir. Elle courut vers la porte du bureau de poste et se heurta au superintendant Marlow qui l'immobilisa en lui tenant les poignets.

– Du calme, mademoiselle! Pourquoi tant de précipitation?

– C'est illégal! Vous n'avez pas le droit!

Les personnes présentes à la poste tournèrent la tête vers le couple étrange qui semblait se disputer.

Les deux policiers entraînèrent au-dehors la fille de l'apothicaire qui continuait à se débattre. Mais la poigne du superintendant demeurait ferme. Comme l'avait prévu l'ex-inspecteur-chef, la situation évoluait enfin. Marlow n'allait pas laisser filer un témoin aussi précieux.

– Tout est parfaitement normal, mademoiselle. De votre libre volonté, vous avez remis deux lettres à l'inspecteur Higgins. Je suis prêt à en témoigner.

– Il avait pris la place du préposé, il...

– C'est ce que vous avez cru voir. En réalité, il se tenait devant le comptoir. Montez dans ma voiture. Nous avons à parler.

Scott Marlow était un peu honteux de mentir de la sorte. Il espérait que les résultats seraient à la hauteur des risques qu'il avait pris en demandant aux postiers de collaborer d'une manière aussi discrète qu'efficace.

Marie renonça à lutter. Elle s'affala sur la banquette arrière de la Bentley. Higgins prit place à côté d'elle. Scott Marlow, installé au volant, était à demi tourné vers la suspecte.

– Comment avez-vous trouvé? demanda-t-elle, renfrognée.

– Ce fut assez simple, expliqua Higgins. En tant que messagère agréée par la communauté copte, vous aviez forcément des documents à expédier ici et là. Vous passiez probablement par la poste. Les employés ont reconnu votre description et m'ont parlé de vos habitudes. Je vous félicite pour votre régularité et votre ponctualité. Elle me fut fort utile. A présent, voyons ces deux lettres.

Marie fit une ultime tentative d'évasion qui se solda par un échec. Le superintendant avait songé à verrouiller la portière.

– Ces lettres ne vous appartiennent pas! Vous devez me les rendre! hurla-t-elle.

– Calmez-vous ou je vous passe les menottes, dit sèchement Scott Marlow. Ces lettres sont à présent des pièces à conviction que nous devons examiner.

La première lettre était adressée à la poste restante de Greenwich, à l'intention de M. Smith. Higgins l'ouvrit. Elle était écrite en caractères coptes et portait la signature de Macaire. Higgins mit un temps certain à les déchiffrer mais il n'hésita pas sur la signification du texte qu'il lut à haute voix :

« *Es-tu certain d'avoir correctement agi? Plus le temps passe et plus ce meurtre pose problème. As-tu vraiment mûri cette décision et envisagé toutes ses conséquences? Trop tard, à présent. Nous devrons les affronter ensemble. D'un certain côté, sois tranquille. On ne remontera jamais jusqu'à toi. D'un autre, il y a un danger que nous n'avions pas prévu. Je m'en occupe. Continue sur la même ligne. Je ne crois pas que Scotland Yard ait la moindre piste. Rendez-vous lundi, 15 heures, à la poste restante.* »

– Qui est M. Smith? demanda Higgins.

– Je l'ignore. Je ne suis qu'une messagère.

– Saviez-vous qu'il s'agissait d'une missive écrite par votre père?

– Non. Elle faisait partie de mon expédition d'aujourd'hui. Je portais les lettres, rien de plus. Je n'ai jamais eu connaissance de leur contenu.

– Ces lignes étaient destinées à l'assassin, remarqua Scott Marlow. Donc, votre père le connaissait. Et vous aussi, mademoiselle.

– Non. Je le jure sur la tête de mon père.

Marlow fut impressionné par la détermination de la jeune femme. Comme l'assassin de l'Apa Shenouda, ce mystérieux « M. Smith », était probablement le meurtrier de son père qu'il avait supprimé pour le faire taire, Marie n'aurait pas gardé le silence sur sa véritable identité.

– Lundi, c'est demain, constata Higgins. Nous nous rendrons à Greenwich. Avec un peu de chance, M. Smith viendra peut-être prendre son courrier. Nous devrions le reconnaître sans peine.

Scott Marlow commençait à éprouver un certain soulagement. Cette fois, l'enquête progressait à pas de géant.

Higgins lut le nom porté sur la seconde enveloppe : Lord Jonathan Wainworth. Elle contenait plusieurs grosses coupures.

– Belle somme, constata le superintendant. Qui envoie cet argent à Lord Wainworth?

– Je l'ignore également, répondit Marie. C'est mon père qui m'a remis ces enveloppes, comme d'habitude. Je ne sais rien d'autre.

*
**

Lord Jonathan Wainworth ouvrit lui-même la porte de l'hôtel particulier de Pelham Crescent. L'endroit était toujours aussi paisible. L'aristocrate, au milieu de la journée, était vêtu de sa sempiternelle robe de chambre verte s'arrêtant au-dessus des genoux. Il invita les deux policiers à boire en sa compagnie dans son salon dont le style victorien éblouit une nouvelle fois Scott Marlow.

– Je crains que l'heure ne soit pas aux réjouissances, Sir, dit Higgins avec gravité. Nous venons de saisir un courrier qui vous était destiné.

– Tiens donc... Et vous venez me le remettre?

– Pas exactement. Ce courrier ne contenait que des billets de banque.

– Magnifique, ironisa Lord Wainworth. Exactement ce dont un honnête homme a besoin en permanence.

– Le cadeau est moins somptueux que vous ne l'imaginez, rectifia Higgins. Cette somme risque de vous causer de graves problèmes.

– Qui est le généreux donateur?

– C'est vous qui allez nous le révéler, Sir. Vous allez également nous indiquer quel travail fait de vous le destinataire de ce pactole.

Lord Wainworth perdit brutalement son sens de l'humour.

– Qu'est-ce que ça signifie? Je croyais que vous plaisantiez.

Le regard glacial de Scott Marlow effraya l'aristocrate.

– Votre rôle est vraiment bien étrange, nota le superintendant. Cet argent ne serait-il pas le prix d'un meurtre? Ou bien de deux?

Lord Wainworth blêmit.

– Qu'est-ce que j'entends... Je crois devenir fou... Moi, accusé de meurtre...

Un éclat de rire fit se retourner les deux policiers.

Lady Aicha se moquait ouvertement de son mari.

– Ne quittez pas Londres, ordonna Scott Marlow. Nous vous considérons comme l'un des principaux suspects de cette affaire.

– C'est complètement absurde, protesta Lord Wainworth. Il s'agit d'une machination destinée à me discréditer. On veut me salir.

Le fou rire de Lady Aicha était inextinguible.

– Réfléchissez bien, avertit le superintendant avant de quitter l'hôtel particulier. Vous enfoncer dans le mensonge ne fera qu'aggraver votre situation.

Assis dans la Bentley, Higgins entendait encore rire Lady Aicha.

***

Marlow roulait à bonne allure en direction de Greenwich. La pluie battante l'obligeait cependant à demeurer prudent, malgré l'excitation qui le gagnait.

– L'assassin va peut-être nous tomber dans les bras, prophétisa-t-il. Scotland Yard a souvent de la chance. Nous aurions quand même dû interroger plus longuement Lord Wainworth. Je suis certain qu'il en sait long, même s'il n'est pas l'assassin.

– C'est un homme de caractère fragile. Il finira par avouer. En présence de son épouse, il lui était impossible de parler.

– Jamais je n'aurais pensé à lui. Sans cette lettre, il nous aurait échappé. Un gentleman décadent impliqué dans une affaire de meurtre... Quelle époque!

Marlow et Higgins patientèrent une demi-journée à la poste restante, espérant voir survenir le mystérieux M. Smith. Comme le redoutait l'ex-inspecteur-chef, il devait exister une sorte de code de sécurité que les policiers n'avaient pas su respecter. Marie, certes, n'avait pas menti sur tous les points. Mais elle avait omis d'indiquer que l'envoi de la lettre ne suffisait pas à faire venir M. Smith.

Le superintendant ressentit une profonde lassitude en reprenant la route de Londres.

– Nous n'y arriverons jamais, se plaignit-il.

– Ce n'est qu'un incident de parcours, estima Higgins. Nous n'avions pas une chance sur mille.

– Cette petite Marie... Elle s'est moquée de nous. Je vais la soumettre à rude épreuve, croyez-moi.

– N'en faites rien, mon cher Marlow. Si elle a partie liée avec l'assassin, ils ont déjà changé toutes leurs procédures.

– Autrement dit, notre piège n'a pas complètement fonctionné.

– Oui et non, mon cher Marlow. Oui et non...

⁂

Higgins avait donné rendez-vous à son correspondant dans les jardins de Kensington. La pluie avait fait ressortir l'odeur parfumée de la terre et avait argenté les haies de troènes taillées à la perfection.

Le prêtre copte attendait l'ex-inspecteur-chef au pied d'un chêne planté par la reine Victoria.

– Vous êtes ponctuel, monsieur Maskun. Pourquoi désiriez-vous me voir d'urgence?

– Je ne peux pas garder pour moi ce que j'ai appris.

– Excellente démarche. Ce doit être important, pour vous faire sortir de l'église de Kensington.

– Très important. Je connais le nom de l'assassin de l'Apa Shenouda et de Macaire.

Higgins s'efforça de paraître presque indifférent. Cyrille Maskun était si tendu qu'il pouvait prendre les jambes à son cou à tout moment, effrayé par ses propres révélations.

– Comment l'avez-vous obtenu, monsieur Maskun?

– J'ai interrogé les esprits du ciel. La première fois, j'ai utilisé Marie. J'ai échoué. Elle est trop pure pour donner asile à un mauvais génie. La seconde, j'ai lu le passé dans l'huile sainte. Cette fois, j'ai eu des réponses. La criminelle, c'est Aicha.

– Soyons précis, monsieur Maskun. Ce que l'on distingue dans l'huile sainte, c'est une forme, pas un nom. Qu'avez-vous vu exactement?

Le visage du prêtre copte se ferma.

– Un corps de femme... Ce ne peut être qu'Aicha. Ce sont les anglicans qui lui ont demandé de s'introduire chez nous pour nous voler les secrets des Anciens. Elle a échoué. Elle nous tuera tous pour se venger. Voici la vérité. Arrêtez-la, inspecteur. Arrêtez-la vite. Sinon, vous aurez d'autres morts sur la conscience.

***

Higgins avait été convoqué par Abigail Westermore et Henry Dickens dans l'appartement de fonction du révérend. En habit de clergymen, les deux anglicans arboraient une mine sévère. Le révérend Dickens avait même pris soin de ranger son bureau.

– Etes-vous parvenu à une conclusion, inspecteur? demanda le révérend Dickens.

– Je dois encore procéder à certains interrogatoires.

– Avant de formuler une accusation, je tiens à vous livrer le résultat de nos investigations. Abigail Westermore et moi-même avons beaucoup travaillé. Nous avons établi des dossiers extrêmement précis. Nous nous sommes comportés à la fois en hommes de science et de religion.

Le mot « hommes » ne parut pas choquer Abigail Westermore qui réajusta son col dur.

– Je cautionne tout à fait l'analyse du révérend, dit-elle avec componction. Je vous demande d'écouter nos déclarations avec la plus grande attention.

Higgins avait l'impression de passer devant un tribunal. Si l'Inquisition avait perduré, elle aurait probablement pris ces visages-là.

– Sans vouloir empiéter sur vos prérogatives,

reprit Henry Dickens, nous voudrions attirer votre attention sur la personnalité de Lady Aicha Wainworth.

– A quel propos? s'enquit l'ex-inspecteur-chef.

– Il nous apparaît très clairement qu'elle est le principal suspect. A dire vrai, le fond de notre pensée est qu'elle s'est rendue coupable des deux meurtres.

Abigail Westermore opina du chef, tout en fuyant le regard de Higgins.

– Voilà un propos d'une extrême gravité, reconnut l'homme du Yard. Sur quoi se fonde votre analyse?

– Sur un fait évident. Lady Aicha Wainworth est une convertie. Elle a un pied dans chacune des deux communautés, l'anglicane et la copte. Elle est également déçue par l'une et par l'autre. Elle désire donc se venger de l'une et de l'autre. Le meilleur moyen, c'était de dresser les coptes contre les anglicans. Lady Aicha connaissait parfaitement l'église de Kensington et ses habitudes. Elle a décidé de frapper un grand coup en tuant l'Apa Shenouda. Dans un premier temps, son entreprise criminelle a été couronnée de succès. Les troubles ont éclaté. Mais pas suffisamment au goût de Lady Aicha... L'arrivée d'un émissaire envoyé par Alexandrie a un peu calmé les esprits. La meurtrière n'a pas voulu laisser retomber le feu de l'enfer. Elle a commis un deuxième meurtre. Mais vous avez réussi à étouffer le scandale. Lady Aicha ne le supportera pas. Elle continuera à tuer pour que les deux communautés s'entre-déchirent.

– Intéressant, nota Higgins.

Abigail Westermore piqua une colère.

– Intéressant? C'est tout ce que vous trouvez à dire, inspecteur! Nous vous apportons la tête de l'assassin sur un plateau et vous semblez indifférent!

Higgins dévisagea la rousse avec sévérité.

– N'interprétez pas mes états d'âme, je vous prie. Avez-vous une seule preuve à fournir?

Henry Dickens intervint avec force.

– Notre analyse ne laisse pas place au doute, inspecteur. C'est évident.

– Rien n'est plus dangereux qu'une évidence, révérend.

*
**

Higgins se promena pendant plus de deux heures dans les jardins de Kensington. Il avait besoin de cette méditation solitaire pour prendre des décisions. Le moment était venu d'agir et de s'engager sur un chemin sans possibilité de revenir en arrière.

L'ex-inspecteur-chef, même s'il avait hâte de retrouver le calme de son cottage, devait s'avouer qu'il ne regrettait pas complètement son séjour à Londres. L'enquête qu'il avait eu à mener s'était révélée extraordinaire. Il subsistait un doute, bien sûr, et il lui faudrait prendre un risque majeur. Mais l'intuition de Higgins s'appuyait sur une série de faits solides.

Restait à mettre au point une stratégie des plus subtiles pour mener l'enquête à son terme, établir la vérité et ne pas trahir ce qui devait être préservé. Higgins vivait un cas de conscience difficile et devait à présent prendre position d'une manière nette.

La douce verdeur des jardins de Kensington aida Higgins à arrêter sa décision. Le soleil se couchait quand il appela le superintendant Marlow pour lui demander de convoquer tous les protagonistes du drame à une reconstitution.

CHAPITRE 19

La reconstitution eut lieu un jeudi à 22 heures, à l'intérieur de l'église copte de Kensington. Un fauteuil avait été avancé devant l'iconostase pour permettre à l'Apa Tebtounios de s'asseoir. Ce dernier s'était bien calé au fond du siège, les bras posés sur les accoudoirs. A sa gauche, sur une chaise, Mgr Makarius, drapé dans sa longue robe noire sur laquelle pendait une croix d'argent.

Au-dessous de la chaire du prédicateur avaient pris place le prêtre Cyrille Maskun et Marie, la fille du regretté Macaire. En face d'eux, sur le même banc, le révérend Henry Dickens et son acolyte Abigail Westermore. Au fond de l'église, sur deux tabourets disposés près de la porte, Lady Aicha Wainworth et son mari Lord Jonathan. Devant la porte, le superintendant Scott Marlow, interdisant toute tentative de fuite.

Higgins se trouvait au milieu de la nef, sous le grand lustre de cristal. Quand il vit que tous les participants étaient présents, il prit la parole.

Sa voix résonna avec puissance dans le vaisseau sacré.

– Nous sommes un jeudi, à la dixième heure, déclara-t-il. C'est le moment où, selon la religion copte, on peut tout demander aux hommes et aux esprits. C'est l'heure que j'ai choisie pour établir la vérité.

Scott Marlow observa les visages des protagonistes du drame, plus ou moins éclairés par la lumière des lampes à huile. Il ne discerna aucune émotion particulière. Chacun était très concentré, comme pour subir une épreuve décisive.

– Nous avons beaucoup de points à éclaircir, poursuivit l'ex-inspecteur-chef. Avant de vous demander de collaborer avec sincérité, je souhaite offrir ma contribution à l'Eglise copte.

Higgins prit un paquet sous un banc et le porta à l'Apa Tebtounios.

– Permettez-moi de vous remettre ceci.

Le vieillard s'avérait incapable d'ôter la ficelle et le papier d'emballage.

– Donnez-le-moi, le pria Mgr Makarius.

Quelle ne fut pas la stupéfaction de l'évêque de découvrir la statuette noire de Zagazig, parfaitement intacte.

– Inspecteur! Mais comment...

– Nous verrons cela plus tard.

Mains croisées derrière le dos, Higgins commença à déambuler dans la nef, passant devant les uns et les autres sans les regarder.

– Le vol de la statuette est la clé de toute cette affaire, affirma Higgins. Si nous parvenons à comprendre pourquoi et comment ce vol a eu lieu, les deux meurtres pourront être expliqués de manière satisfaisante.

Abigail Westermore serra les lèvres. Ce n'était pas le moment de craquer. Elle jeta un regard vers l'Apa Tebtounios, à moitié assoupi, et vers Mgr Makarius qui tenait ferme la statuette de

Zagazig et ne perdait pas un seul des mots sortant de la bouche de l'ex-inspecteur-chef.

– Cette statuette, rappela ce dernier, est le bien le plus précieux de cette église. Elle est son trésor le plus ancien et le plus vénéré en raison du pouvoir magique qui lui est attribué. La voir disparaître était la plus épouvantable des catastrophes. Du point de vue de la communauté copte de Londres, quel pire malheur pouvait survenir? N'est-ce pas votre avis, monsieur Maskun?

Higgins s'arrêta devant le jeune prêtre qui avait revêtu une robe noire toute neuve.

Les yeux marron de Cyrille Maskin étaient toujours animés d'une flamme étrange qui rendait son regard presque fixe. Il avait pris soin de tailler sa moustache noire, de se parfumer et de se rendre ainsi presque coquet.

– Si, inspecteur, répondit-il d'une voix assurée. Mais le malheur a disparu puisque la statuette est de nouveau ici.

Higgins eut un bon sourire.

– Ce n'est pas aussi simple, monsieur Maskun. Elle doit être purifiée. Autrement dit, l'assassin doit être identifié pour que l'âme des morts repose en paix et que la statuette conserve son pouvoir magique. Est-ce bien exact?

Cyrille Maskun hocha la tête affirmativement.

Scott Marlow observait attentivement le prêtre copte dont les manières lui déplaisaient. Il voyait assez bien cet exalté dans la peau de l'assassin.

– Vous êtes un croyant sincère, dit Higgins au mystique. Votre foi passe avant tout. Elle est même gravée dans votre chair.

Instinctivement, Cyrille Maskun découvrit son poignet droit où était tatouée une croix copte.

– Ma foi est la meilleure, inspecteur. En elle est inscrit le message du Christ.

Le révérend exprima un petit soupir d'exaspération.

– Votre comportement, continua Higgins, n'a pas toujours été des plus orthodoxes au cours de cette enquête. Souvenez-vous, monsieur Maskun : vous m'avez menacé avec un *atar*, un morceau de tissu maléfique, pour m'empêcher de continuer mes investigations.

– J'ai obéi aux esprits, inspecteur. Je n'avais pas le droit d'agir autrement. S'ils vous ont permis de poursuivre votre enquête, c'est parce que vous êtes un homme juste.

« S'il cherche à flatter Higgins, pensa le superintendant, il perd son temps. Voilà longtemps que l'ex-inspecteur-chef est insensible au blâme comme à la louange. Le manipuler relève de l'utopie. »

– Pendant les négociations avec les anglicans, indiqua Higgins, votre comportement a été plutôt négatif, monsieur Maskun. Vous étiez l'allié de Mgr Makarius contre l'Apa Shenouda.

– C'est beaucoup dire, protesta mollement Cyrille Maskun. Ne vous fiez à aucun ragot. Nous avons préservé nos intérêts face à l'ennemi qui cherchait à nous détruire.

Abigail Westermore se leva, furieuse.

– Ne dites pas n'importe quoi, Maskun !

Higgins se retourna vers les anglicans.

– Ne vous emportez pas ainsi, recommanda-t-il. La passion n'a pas sa place dans un lieu saint.

Vexée, Abigail Westermore se rassit. Cyrille Maskun savoura cette petite victoire. Son plaisir fut de courte durée, car Higgins revint vers lui.

– Venons-en à un point crucial, monsieur Maskun. Vous avez affirmé qu'il y avait deux objets appartenant aux anglicans sur le parvis de l'église, à l'endroit même où l'Apa Shenouda avait trouvé la mort par le feu.

– C'est hélas vrai, inspecteur.

Henry Dickens se leva à son tour.

– Je proteste formellement !

Higgins, cette fois, ne prit pas la peine de se retourner.

– Vous interviendrez plus tard, révérend. Je n'ai pas terminé.

Le révérend, aussi vexé que sa consœur, se mura dans un silence indigné.

Higgins regarda Maskun droit dans les yeux.

– Cherchez-vous une guerre ouverte avec les anglicans ?

– Bien sûr que non, inspecteur ! Je suis un homme de paix. Si je me suis tu sur cette affreuse trouvaille, si j'ai même tenté de l'oublier, c'est pour éviter tout conflit.

– Ne pensez-vous pas qu'il s'agit d'une dissimulation de preuves, monsieur Maskun ?

– Dans votre monde, peut-être... Dans le mien, non.

– Votre attitude ne me paraît pas très cohérente, souligna Higgins. D'un côté, vous détestez les anglicans, de l'autre, vous les épargnez. Il subsiste un délicat problème, monsieur Maskun.

– Lequel ?

– Tout repose sur votre témoignage. Vous êtes le seul à avoir vu cette fiole d'eau bénite et cette bible. Et vous avez une bien curieuse mémoire, puisque vous avez ensuite accusé Marie de les avoir cachées dans votre chambre. C'est tout à fait incohérent, me semble-t-il.

La jeune femme, qui avait laissé ses cheveux libres, fut bouleversée par les paroles de Higgins.

– C'est insensé... Moi, cacher ces objets? Vous savez fort bien que j'ai vu Cyrille Maskun descendre du toit en les portant! C'est la vérité, je le jure!

Cyrille Maskun regarda Marie avec des yeux de braise. Scott Marlow crut, un instant, qu'il allait se jeter sur elle. Mais, au contraire, son attitude changea brutalement. Il se fit doux comme un agneau.

– Je te demande pardon, Marie... J'ai perdu la tête en t'accusant. J'ai honte de moi. J'ai eu peur, j'ai inventé n'importe quelle fable pour échapper aux interrogatoires.

Higgins fit quelques pas, très concentré.

– Tout cela est bien curieux... Marie est allée jusqu'à accuser Cyrille Maskun de complicité avec les anglicans. Cyrille Maskun se fait passer pour un saint alors qu'il consulte certaines revues peu professionnelles. Il apparaît à présent comme un mythomane... ou comme un amoureux transi qui n'ose déclarer sa flamme?

Le prêtre copte rougit. Marie, effrayée, recula sur son banc.

– C'est scandaleux, protesta Cyrille Maskun. Je suis voué au Seigneur.

– Ce qui est scandaleux, indiqua Higgins en fixant à nouveau le mystique, c'est d'avoir monté une machination pour déclencher une guerre entre coptes et anglicans.

Cyrille Maskun regarda en direction de la porte de l'église. Scott Marlow montait une garde vigilante.

– Vous vous trompez, inspecteur, protesta le

prêtre. J'ai été horrifié par ma découverte. Si Marie ne m'avait pas vu portant ces objets, personne n'en aurait jamais rien su.

– Précisément, monsieur Maskun. Voilà votre idée majeure : être repéré par quelqu'un qui hésiterait à vous dénoncer, mais dont le témoignage, qui serait inévitablement connu, ne serait pas mis en doute.

Cyrille Maskun se leva et alla s'adosser à la chaire du prédicateur.

– Je ne comprends pas...

– Mais si, monsieur Maskun, vous me comprenez très bien. Permettez-moi de vous expliquer la manière dont vous avez procédé. Vous avez volé ou acheté une fiole d'eau bénite et une bible anglicane. Vous êtes monté sur le toit de l'église avec ces objets, sachant que Marie se trouvait dans la nef. Lorsque vous êtes descendu, vous avez pris soin de vous faire repérer par elle. De la sorte, vous passiez pour une sorte de héros qui avait voulu éviter tout conflit entre les deux communautés religieuses. Vous espériez que Marie finirait par parler, ce qui accuserait formellement les anglicans. De plus, Marie aurait certainement averti Macaire, lequel aurait ameuté les coptes les plus extrémistes pour entamer un processus de vengeance. Plan astucieux, je le reconnais. Mais je vous ai soupçonné très vite. Votre exaltation naturelle contredisait trop vos dires. Vous avez commis une première erreur en cachant les objets dans votre chambre, et une seconde en vous affolant lorsque le superintendant et moi-même sommes venus perquisitionner. Vous avez inventé une fable nouvelle, pas plus crédible que la précédente. Vous êtes un ambitieux de petit calibre et un piètre manipulateur, monsieur Maskun. Ces défauts font de vous un personnage dangereux qu'il faut empêcher de nuire davantage. Votre hiérarchie serait bien inspirée de vous rapatrier et de vous faire séjourner un long temps dans un couvent avec la seule compagnie du Seigneur.

Effrayé, les yeux hagards, Cyrille Maskun regarda dans la direction de l'Apa Tebtounios et de Mgr Makarius. Ce dernier, après avoir murmuré quelques mots à l'oreille de l'émissaire venu d'Alexandrie, s'adressa à l'ex-inspecteur-chef.

– Cette solution nous paraît tout à fait digne d'intérêt. Si aucune autre charge n'est retenue contre Cyrille Maskun, il repartira à Alexandrie en compagnie de l'Apa Tebtounios. Après tant d'années dans le monde, le retour à la méditation s'avère indispensable.

Le jeune prêtre, effondré, baissa les yeux. Il n'avait même plus la force de protester. Il se laissa glisser le long de la chaire et s'accroupit, la tête dans les mains, se perdant dans des cauchemars qui l'obséderaient longtemps.

Higgins traversa l'allée centrale et se dirigea vers les anglicans.

Il s'arrêta devant Abigail Westermore. Cette dernière se mordit les lèvres, presque jusqu'au sang.

– Désolé, dit Higgins. Au fond de vous-même, vous saviez bien qu'il nous faudrait en arriver là.

CHAPITRE 20

La « révérend » rousse avait les mains jointes, dans une attitude suppliante.

– J'ai commis une erreur, inspecteur, et je m'en repens. Que la charité chrétienne inspire votre cœur. Il est bon, parfois, que le silence recouvre nos péchés.

Scott Marlow n'était pas mécontent de voir la belle rousse en difficulté. Une femme n'avait pas à se mêler des affaires ecclésiastiques. Pourquoi cette Abigail ne cherchait-elle pas un bon mari au lieu d'importuner les autorités en place et de semer le trouble?

– Hélas, répondit Higgins, cette charité n'est pas autorisée à un inspecteur du Yard. Même s'il doit heurter des sensibilités, il doit avancer sans faiblesse sur le chemin de la vérité. Vous en conviendrez avec moi, je présume?

Abigail Westermore n'osa pas protester. Ses doigts se crispèrent davantage.

– Votre cas est plutôt embarrassant, reconnut Higgins. Vous affirmez avoir une vocation sans faille et vous militez avec ardeur pour votre cause. Votre hiérarchie vous a durement éprouvée en vous obligeant à travailler dans un domaine que vous ne connaissiez pas. Ces messieurs attendaient que vous commettiez une faute grave et cette faute, vous l'avez effectivement commise.

– C'est trop injuste... Moi qui ne suis que bonté et compréhension...

Abigail Westermore était au bord des larmes.

– Ce n'est pas exactement mon avis, indiqua l'ex-inspecteur-chef, consultant quelques pages de son carnet noir. Je vous trouve plutôt venimeuse. Vous avez lancé des attaques virulentes contre tout le monde, comme si vous tentiez d'écarter de vous-même les soupçons.

– Des paroles sans signification, inspecteur. Je ne pensais pas ce que je disais.

L'œil de Higgins devint impitoyable.

– Voilà qui est bien ennuyeux... Pourquoi avoir voulu orienter Scotland Yard sur une fausse piste en supposant que l'assassin n'était ni un copte ni un anglican? Simple hypothèse que vous avez formulée sans vraiment y penser?

La rousse approuva avec force.

– Oublions ces égarements, dit Higgins bienveillant. Entrons dans le domaine des faits concrets. Parlons, par exemple, des excellentes relations que vous avez nouées avec Mgr Makarius.

L'évêque copte leva la main droite.

– Est-ce bien nécessaire, inspecteur?

– Je le crois, Eminence. Mlle Westermore m'a avoué que vous lui aviez fait une très forte impression. Elle se croyait envoûtée par un mystérieux personnage qu'elle a certainement inventé, et la magie copte, par l'intermédiaire de Mgr Makarius, l'a libérée du démon qui la hantait.

– Je n'ai fait que mon devoir, dit l'évêque, onctueux.

Si la terre s'était entrouverte, Abigail Westermore se serait glissée au plus vite dans la fente pour s'y cacher. Rouge de confusion, elle aurait volontiers pris ses jambes à son cou. Mais la présence martiale de Scott Marlow devant la porte de l'église l'en dissuada.

– J'ai été faible, avoua-t-elle. Mgr Makarius m'a fascinée. Il... Il a été très compréhensif. Il ne s'est pas moqué de moi. C'était un copte, bien sûr, mais à qui pouvais-je m'adresser? Pas à Henry Dickens ni à mes supérieurs...

La rousse lança un regard furieux au révérend qui tourna la tête, désireux d'éviter un conflit public.

– Je crains que votre carrière ne soit fortement compromise, mademoiselle Westermore, dit Higgins. Vous êtes très facilement tombée dans un piège tendu par vos adversaires. Mgr Makarius a dû vous faire beaucoup parler. Vous êtes devenue une alliée objective des coptes.

Abigail Westermore perdit tout contrôle d'elle-même. Elle éclata en sanglots.

Higgins laissa passer le plus fort de la tempête avant de continuer. C'était la dure loi de son métier. Les drames humains, si poignants fussent-ils, ne devaient pas bloquer une enquête.

– Toutes ces erreurs n'étaient rien à côté de la dernière, mademoiselle Westermore. Le vol de la statuette de Zagazig.

La chargée de mission anglicane cessa brutalement de pleurer, devint très pâle et s'effondra sur son banc.

Le révérend Dickens se précipita vers elle, défit le col dur et tapota les joues de la jeune femme.

– Ce ne sera pas trop grave, estima-t-il. Elle revient déjà à elle.

L'ex-inspecteur-chef n'était pas trop inquiet. Abigail Westermore avait un sens du théâtre assez exceptionnel, qui lui permettrait de survivre sans trop de peine à l'infamie qui l'accablait.

– D'après le jugement fort pertinent de Mgr Makarius, rappela Higgins, ce n'était pas un copte qui pouvait avoir volé la statuette, car cette dernière exercerait une terrible vengeance. C'est pourquoi l'accusation portée contre Lady Aicha n'avait guère de sens, car elle se considère aujourd'hui comme une copte. Qui pouvait être coupable? L'un des deux anglicans. Pas le révérend Dickens, puisque la statuette exerçait un pouvoir bénéfique sur les femmes stériles espérant une grossesse. J'en ai conclu qu'Abigail Westermore souffrait de la même angoisse que Lady Aicha et qu'elle avait pris une décision : s'emparer de cette statuette providentielle et être seule à l'utiliser. Mlle Westermore a pris des risques et a réussi. C'est bien chez elle que j'ai retrouvé cet objet sacré.

Mgr Makarius se leva, très digne.

– Je demande une sanction exemplaire contre cette voleuse. Elle a porté atteinte à notre dignité et à nos valeurs les plus saintes.

– Je n'en suis pas si sûr, dit Higgins sévère. Peut-être a-t-elle porté atteinte à vos finances. Je crois plutôt que Mlle Westermore a trouvé un accord avec vous pour louer la statuette et en bénéficier à titre exclusif pendant quelque temps. Je ne vous demanderai pas le montant de la somme qu'elle vous a versée et je ne l'humilierai pas davantage. Vous ne porterez pas plainte puisqu'il n'y a pas eu vol.

– Inspecteur, je ne vous permets pas...

– Asseyez-vous, Eminence, et ne m'exaspérez pas. Cette affaire est close.

Le ton de Higgins ne supportait pas de réplique. Se drapant dans sa dignité, Mgr Makarius se rassit. Abigail Westermore tourna la tête vers le mur de l'église, ne souhaitant plus ni voir ni entendre.

– Soyez remercié pour votre compréhension, inspecteur, déclara Henry Dickens. L'Eglise anglicane vous en sait gré.

– Je ne demande pas tant d'honneur, révérend. Etes-vous bien certain que les anglicans sont lavés de tout soupçon?

Jovial, Henry Dickens arbora un large sourire.

– Bien sûr... A part quelques broutilles, nous ne sommes nullement impliqués dans les deux crimes qui ont été commis. Ma consœur aurait besoin de prendre du repos. Puisque vous n'avez plus besoin de nous, nous permettez-vous de quitter cet endroit?

– Une reconstitution doit être menée à son terme avec tous les participants, indiqua Higgins aimable. C'est pourquoi je dois rejeter cette requête.

Scott Marlow n'éprouvait guère d'estime pour le révérend Dickens. Il imaginait autrement un dignitaire de l'Eglise anglicane. Celui-là lui paraissait beaucoup trop retors pour un homme de Dieu.

La physionomie du révérend se modifia. Il espérait sortir au plus vite d'une église dont il appréciait modérément l'atmosphère. Les erreurs commises par Abigail Westermore le contraignaient à subir encore les foudres de Scotland Yard et de cet inspecteur si pointilleux.

– Marie et Cyrille Maskun, rappela Higgins, ont spontanément accusé les anglicans du meurtre de Macaire. En disant « les anglicans », ils ne songeaient qu'à vous, révérend. Abigail Westermore partageait d'ailleurs leur avis. D'après elle, vous aviez même envie de tuer tous les coptes.

Henry Dickens leva les bras au ciel et les laissa retomber sur ses cuisses.

– Il y a du vrai, là-dedans! Cette négociation m'importune, les coptes m'importunent, la terre entière me fatigue. Je n'aime que deux choses : la pâtisserie et la lecture des ouvrages d'érudition, seul, chez moi, dans ma bibliothèque, loin de ces myriades d'imbéciles qui peuplent les rues. Que les hommes continuent à jouer aux gendarmes et aux voleurs : ça m'est complètement indifférent.

Scott Marlow fut scandalisé par ces paroles. Par bonheur, le Yard continuerait à former des gendarmes qui mettraient fin aux activités de voleurs comme ce révérend indigne du costume qu'il portait. Voleur... et peut-être pire.

– Je sais qui je suis et comment on me juge, continua Henry Dickens. Au fond, vous m'offrez une excellente occasion de me confesser. Je ne la raterai pas. Je menais une existence bien tranquille, je faisais des recherches aussi passionnantes qu'inutiles, et voici que la hiérarchie m'oblige à devenir un négociateur de haut niveau. Quelle crétinerie! Je n'ai rien d'un diplomate. Je suis tantôt mou, tantôt cassant, j'ai peur des femmes, je déteste les hommes. Avec moi, on courait à un échec certain. Parfois, je pique des colères. Abigail a cru que j'étais irrité parce que la négociation n'avançait pas. Rien à voir. Ce qui m'exaspérait, c'est qu'elle durait! En plus, l'Apa Shenouda me donnait mauvaise conscience. Lui, il croyait à ce qu'il faisait.

– Pourquoi ne pas avoir prévenu votre hiérarchie de cet état d'esprit? demanda Higgins.

Le révérend, gêné, se gratta l'oreille droite.

– J'aurais dû, c'est vrai... Je vais réparer ça en démissionnant. Les coptes auront fini par nous déboulonner, Abigail et moi. C'est la dure loi de l'existence. Il y en a qui montent, il y en a qui descendent. Il faut l'admettre. C'est une loi éternelle.

Scott Marlow était outré par l'effondrement du révérend. Il était indigne d'un prêtre.

Higgins s'éloigna d'Henry Dickens pour aller admirer un petit bas-relief sculpté dans le bois de la chaire du prédicateur.

– J'ai supposé que vous étiez un adepte de la magie noire, révérend, dit-il avec une pointe d'ironie dans la voix. On pouvait penser que vous aviez tenté d'envoûter l'église copte et de détruire ainsi le lieu saint de vos adversaires. Mais vous m'avez spontanément renseigné sur les rites pratiqués en ce genre d'occasion. J'ai compris que votre pratique de la magie était toute livresque.

– Pour ça, vous avez bien raison... C'est amusant dans les manuels mais dangereux dans la vie. C'est pourquoi je laisse la magie aux coptes.

– C'est aussi pourquoi vous n'avez d'aucune manière attenté à la vie de l'Apa Shenouda ni à celle de Macaire.

– Trop lâche pour ça aussi, admit le révérend Dickens. Trop de risques, trop d'ennuis en perspective.

L'ex-inspecteur-chef, lentement, franchit à nouveau l'espace qui le séparait de l'anglican.

– Abigail Westermore, rappela-t-il, vous accusait de collusion avec votre ennemi déclaré, Mgr Makarius. Tous deux, vous étiez prêts à tout pour préserver votre petite existence tranquille et garder vos prérogatives. Dissensions en public, accord en coulisse.

– Il y a de ça, reconnut le révérend Dickens. C'est humain. Cet accord-là me suffisait.

Higgins se tourna vers l'évêque copte qui avait sorti un chapelet qu'il commençait à égrener.

– Mais il ne vous suffisait sans doute pas, Monseigneur.

Les doigts de l'évêque serrèrent davantage les grains.

– D'une certaine manière, si, inspecteur... D'une autre...

– Votre ami Dickens est allé jusqu'à vous accuser de meurtre, Monseigneur. Il n'est pas aberrant d'imaginer que l'Apa Shenouda a été victime d'un règlement de comptes entre coptes. C'est vous qui aviez intérêt à vous débarrasser d'un concurrent gênant qui dérangeait vos habitudes. Le révérend était effrayé par votre dureté et votre caractère inflexible. Jamais il ne vous aurait suivi sur un terrain où s'imposerait l'idée de supprimer l'Apa Shenouda.

Mgr Makarius garda son calme.

– Il aurait eu raison, inspecteur. Cette idée ne m'est jamais venue.

– Lady Aicha vous considère, Monseigneur, comme un être sournois, rusé et vénal.

– Je n'ai de comptes à rendre qu'à Dieu.

– Lady Aicha, à côté de ces critiques, a ajouté que vous étiez quelqu'un de profondément pacifique. Je crois que c'est exact. Un de mes amis coptes dit, à votre sujet, que vous appliquez la religion comme vous l'entendez. En fait, vous espériez conserver la tête de la communauté copte londonienne pour continuer vos petits trafics. Vous avez menti par omission sur la nature de la statuette de Zagazig. Vous ne m'avez pas expliqué d'emblée que sa vénération par des femmes stériles était pour vous une importante source de revenus. Vous n'avez parlé que de la « sainte mère de Dieu » et non d'une divinité magique vous permettant d'engranger de l'argent.

– Tout sacerdoce implique une grande discrétion, indiqua Mgr Makarius. J'ai ma conscience pour moi.

« Qu'il la garde », pensa Scott Marlow, scandalisé par l'aplomb de cet hypocrite prélat.

– Vous êtes fort intéressé par les biens de ce monde, dit l'ex-inspecteur-chef à l'évêque copte. Mais il est un homme qui a tenté de rectifier mon jugement : Macaire. D'après lui, vous n'êtes pas aussi vénal que certains le supposent. Il vous a défendu avec cette discrétion que vous aimez tant. L'argent que vous recueillez? Uniquement pour votre Eglise et votre communauté, rien pour vous-même.

Un léger sourire fleurit sur les lèvres de l'évêque.

– Macaire me connaissait bien, inspecteur. J'ai perdu mon meilleur compagnon de route, l'un de ces hommes trop modestes dont l'absence est insupportable.

– Macaire a tout de même omis de préciser que, derrière l'iconostase, vous vous occupiez davantage des pierres précieuses ornant les croix anciennes que de prière ou de méditation.

– Un petit défaut, je l'avoue, inspecteur. Je suis un esthète. La beauté est œuvre divine. Vous pouvez fouiller chez moi, examiner mon compte en banque. Vous vous apercevrez que je n'ai pas la moindre fortune.

– Je n'en doute pas un instant, dit Higgins. Mais ce n'est peut-être pas le cas de Lord Jonathan Wainworth.

Higgins se dirigea vers l'époux de Lady Aicha qui se tenait juste devant Scott Marlow. L'aristocrate était vêtu d'un misérable costume trois-pièces marron qui avait connu des jours meilleurs. Son extrême nervosité se lisait sur son visage.

– Je suis très mal à l'aise dans cet endroit, déclara Lord Wainworth. J'aimerais en sortir au plus vite.

– Répondez à ma question, Lord Wainworth, insista Higgins. Vous et Mgr Makarius, avez-vous accumulé une petite fortune en détournant les fonds versés par les fidèles?

Lord Wainworth manqua d'air. Il regarda son épouse, espérant un peu d'aide. Mais elle demeura indifférente.

– C'est... C'est une folie, inspecteur! Je suis innocent!

Higgins considéra l'aristocrate avec sévérité.

– C'est votre femme qui dispose de la fortune, indiqua l'ex-inspecteur-chef. Vous, vous n'avez rien. Vous haïssez les coptes parce qu'ils vous volent votre argent et votre femme.

– Ne m'accusez pas du meurtre de l'Apa Shenouda! J'ai un alibi!

– Et un excellent, approuva Higgins. Il vous disculpe entièrement. Ce n'est pas de meurtre que je vous accuse, Lord Wainworth, mais de vol.

L'aristocrate baissa la tête.

– Je... Mgr Makarius n'est pas complice. Il ignore tout de cette affaire. Je vous en donne ma parole.

– Je l'accepte, Lord Wainworth.

L'aristocrate poussa un long soupir de satisfaction.

– Alors, je peux m'en aller?

– Hélas, non. Si Mgr Makarius n'est pas celui qui vous envoie de l'argent, qui est-ce?

– Mais personne, inspecteur, personne... il vient, il vient...

– Tout seul?

– C'est ça, tout seul...

Lord Wainworth était pitoyable. Il aurait inventé n'importe quoi pour échapper à Higgins et à l'Eglise copte.

– Soyons sérieux, Lord Wainworth. Qui pouvait être assez habile et assez discret pour vous avoir repéré et conclu avec vous un marché dont personne ne soupçonnait l'existence? Qui avait le don de passer inaperçu pour mieux observer les uns et les autres?

– Je... je ne vois pas...

– Permettez-moi de vous souffler un nom : celui de l'apothicaire. Il ne devait avoir aucune difficulté pour soustraire de l'argent chez les coptes. Il vous le faisait parvenir par l'intermédiaire de sa fille, sans doute pour que vous débarrassiez sa communauté de l'encombrante présence de Lady Aicha.

Cette dernière se révolta, sortant enfin de sa léthargie.

– Mon encombrante présence? De qui vous moquez-vous, inspecteur? J'ai versé des sommes considérables aux coptes et j'en verserai encore. Ils sont devenus ma vraie famille.

Lord Wainworth tendit les mains vers son épouse.

– Aicha...

Elle le repoussa violemment.

– Ecarte-toi, Judas! Tu as osé attaquer mes amis en justice... Tu t'en repentiras!

– Aicha... Ils se moquent de toi! Ce sont des escrocs.

– Faites-le taire, inspecteur, ou je lui arrache les yeux.

Higgins s'interposa.

– Bien... je reconnais que je me suis trompé dans le détail. Il y avait certainement un accord secret entre Macaire et Lord Wainworth, mais il devait être sensiblement différent. Macaire était un brave homme. Il a constaté la détresse du malheureux mari de Lady Aicha. Il ne voulait pas que les coptes aient une mauvaise image de marque. Il envoyait donc de l'argent à celui qu'il considérait comme un martyr.

Lady Aicha regarda son mari avec le plus profond mépris.

– J'ai compris... Macaire te restituait une partie de l'argent que je lui confiais à titre de don... C'est bien cela, hein? C'était bien votre misérable combine?

Paniqué, Lord Jonathan Wainworth se plaça derrière Higgins.

– A peu près, ma chérie... L'idée était de moi. Il s'est montré très compréhensif. Tu comprends, tu ne me laissais plus rien pour vivre... Moi aussi, j'ai mes besoins.

Les yeux de Lady Aicha devenant ceux d'une tigresse, Scott Marlow jugea bon d'intervenir.

– Je ne tolérerai aucune violence dans cette église, Lady Wainworth. Je vous prie de garder le contrôle de vous-même.

On frôla la catastrophe.

Puis la tension retomba. Higgins quitta le fond de l'église et se dirigea vers la chaire.

– Il y a quelqu'un, ici, qui doit savoir beaucoup de choses et qui demeure trop silencieux. Ne croyez-vous pas, mademoiselle Marie?

CHAPITRE 21

Marie offrit à Higgins une expression désabusée d'une grande tristesse.

– Mon père est mort, inspecteur. Que dire de plus?

– Nulles condoléances n'effaceront votre douleur, reconnut l'ex-inspecteur-chef. Mais je suppose que vous désirez autant que moi connaître la vérité sur ce tragique décès.

Sans grande conviction, Marie hocha la tête affirmativement.

Scott Marlow était persuadé que Marie connaissait cette vérité-là. Il faisait confiance à Higgins pour la lui faire avouer.

– Vous jouez mal les effacées et les modestes, dit Higgins. D'après votre père, vous n'êtes guère croyante et vous aviez tendance à sortir de ce qu'il considérait comme le bon chemin. Vous vous êtes même révoltée contre la religion copte et contre ceux qui la pratiquent, y compris votre père.

– Nous ne nous entendions plus, il est vrai. Cela ne m'empêchait pas de l'aimer à ma manière.

– Curieuse manière, en vérité... Il reste que vous êtes une excellente dissimulatrice.

Le visage de Marie se crispa. Tout son être tentait de nier l'affirmation de l'ex-inspecteur-chef.

– Mais, si, mademoiselle. C'est bien vous qui avez jeté une fausse bombe en direction de la voiture de l'Apa Tebtounios. Intention maladroite et généreuse pour nous contraindre à continuer l'enquête et à identifier l'assassin. Geste bien inutile... Scotland Yard n'abandonne jamais.

Marie eut un pauvre sourire.

– J'ai cru bien faire... J'avais l'impression que vous vous endormiez, que la mort d'un pauvre homme comme mon père n'intéressait personne.

– Grave erreur, mademoiselle. Erreur plus grave encore d'avoir défié Scotland Yard en se moquant de nous. Vous avez inventé un M. Smith, écrit vous-même une lettre dépourvue de toute signification et nous avez envoyés à la poste restante de Greenwich.

– Je vous promets...

– Pas de parjure dans un lieu saint, exigea Higgins. Vous avez insulté Scotland Yard. Le superintendant verra les suites qu'il convient de donner à cet acte. Circonstance atténuante : la seconde lettre, si on peut l'appeler ainsi, était authentique. Elle nous a permis de comprendre le rôle peu reluisant de Sir Jonathan Wainworth. Sans doute désiriez-vous vous venger de lui et le dénoncer d'une manière subtile.

Marie, embarrassée, garda le silence. Scott Marlow était furieux. Cette gamine insolente avait eu le culot d'attenter à l'honneur de la meilleure police du monde. Le monde civilisé était décidément en pleine décomposition.

– Vous connaissiez l'existence de la statue de Zagazig, reprit Higgins, mais vous ignoriez l'identité de la voleuse. Vous n'étiez pas très lucide sur la personnalité de Mgr Makarius, mademoiselle. Jamais vous ne l'auriez cru assez... tacticien pour donner tant de facilités à une convertie. N'aviez-vous pas peur de l'évêque? N'est-ce pas la raison pour laquelle vous aviez ôté vos bijoux afin d'empêcher un esprit étranger d'entrer chez vous?

– Non, répondit Marie. Je redoutais la passion de Cyrille Maskun.

Etranger à la reconstitution, Cyrille Maskun demeurait prostré.

– Vous avez menti, mademoiselle, en prétendant ne pas vous trouver dans l'église au moment de la mort de l'Apa Shenouda. Vous y étiez bien et vous avez même vu Cyrille Maskun descendre du toit.

– Je me cachais, inspecteur. Ce jour-là, il voulait absolument me parler. Seul à seule.

– Sachant où vous vous terriez, il a donc pu procéder à sa mise en scène dont vous étiez l'élément majeur. Par votre intermédiaire, il espérait tromper la police et les coptes afin de déclencher une guerre de religion. Cela vous innocente, mademoiselle, mais vous avez trop tendance à jouer avec le feu. N'aviez-vous pas informé votre père de ce que vous veniez de voir?

La jeune femme hésita. Elle mit les mains sur ses yeux.

– Oui, c'est vrai... Je lui ai dit que Cyrille Maskun avait dissimulé des objets religieux qui n'appartenaient pas à notre communauté.

– Exactement ce que voulait M. Maskun, conclut Higgins. Votre père a dû conclure à la culpabilité des anglicans et commencer à organiser une riposte.

– Je l'ignore, inspecteur.

– Il n'en a pas eu le temps, ajouta l'ex-inspecteur-chef, puisqu'on l'a assassiné.

Stupéfaite, Marie regarda Higgins.

– Ce serait donc le mobile du crime... Quelqu'un aurait voulu l'empêcher d'organiser la lutte contre les anglicans...

– Je l'ai cru, avoua Higgins. Mais la réalité est sensiblement différente.

L'ex-inspecteur-chef reprit l'allée centrale en direction de la porte de l'église et se dirigea vers le trio formé de Lord Wainworth, de son épouse et du superintendant.

– N'est-ce pas votre avis, Lady Aicha?

La convertie ne répondit pas. Elle rabattit son voile noir sur la tête, dissimulant son front et son regard.

– Vous vivez un drame, rappela Higgins, puisque vous ne pouvez avoir d'enfant, ce qui était votre plus cher désir. La magie copte et la statuette de Zagazig constituaient vos ultimes recours. Il fallait payer pour y avoir accès, mais peu vous importait. Vous avez la foi. Sans doute avez-vous tort de négliger votre mari qui vous aime sincèrement et qui vous croit tombée entre les mains des marchands du Temple. Votre sincérité est si manifeste, Lady Aicha, et vous êtes si respectueuse de la religion à laquelle vous avez adhéré que vous ne pouviez être la voleuse de la statuette.

– Satan m'aurait détruite, dit-elle d'une voix étouffée.

– Lorsqu'on vous a surprise, dans l'église, vous veniez simplement la vénérer et la toucher. En réalité, c'est vous qui avez découvert ce vol qui vous a plongée dans une profonde dépression.

C'est vous qui avez vu la voleuse et qui avez justement observé qu'il ne s'agissait pas d'une femme copte puisqu'elle portait maladroitement son voile. Cyrille Maskun ne l'avait pas aperçue. En revanche, Mgr Makarius s'est rendu coupable de mensonge, car il savait qu'il s'agissait d'Abigail Westermore à qui il avait permis de dérober cet objet sacré.

– Les saints les jugeront, déclara Lady Aicha.

Higgins consulta son carnet noir.

– Les insultes que vous avez proférées à l'égard de l'Apa Shenouda, indiqua-t-il, n'étaient effectivement que l'expression de la colère et de la déception. Fascinée par la puissance spirituelle du personnage, vous espériez qu'il vous délivrerait du maléfice qui vous empêche d'être mère. Mais on ne vous a pas permis de le voir. Néanmoins, jamais vous n'auriez levé la main contre un religieux copte.

– Un représentant de Dieu doit être respecté, dit-elle avec fermeté.

– Dont acte, Lady Aicha. Mais l'apothicaire, fût-il un bon croyant, n'était pas prêtre.

L'aristocrate se voila entièrement le visage.

– Le révérend Dickens et Abigail Westermore vous ont accusée de meurtre, rappela Higgins, en raison de vos déceptions qui vous auraient conduite à vouloir attiser la haine entre les deux communautés. Lors d'une cérémonie magique, un esprit parlant par la voix de Marie a indiqué que l'assassin de Macaire n'était pas copte. Cyrille Maskun a lu dans l'huile que vous aviez tué l'Apa Shenouda et Macaire, mais il a déformé la vérité. En fait, il n'avait aperçu qu'une forme féminine. L'au-delà ne s'est pas tellement trompé, semble-t-il... Si vous nous disiez la vérité, Lady Aicha?

La convertie eut une réaction inattendue. Elle se blottit dans les bras de son mari.

– Aicha, mon petit... Quoi que tu aies fait, je te pardonne...

Scott Marlow demeura vigilant. Le couple ne s'adonnait-il pas à une savante mise en scène?

– C'est une phrase prononcée par Mgr Makarius qui m'a mis sur la voie, révéla Higgins : « Les plantes et les décoctions connaissent une grande faveur dans la bonne société britannique », a-t-il déclaré à propos du commerce de Macaire. Cette « bonne société » m'a fait penser à Lady Aicha. Privée de contact avec la statuette, il lui fallait trouver au plus vite un nouveau moyen d'espérer. Or la pharmacopée copte est d'une grande richesse. Elle propose des remèdes aux femmes stériles. Lady Aicha s'est donc rejetée sur Macaire. Elle s'est montrée très exigeante, n'accordant à Macaire aucune possibilité d'erreur. Celui-ci s'est retrouvé face à une véritable furie. Il a utilisé toutes les ressources de son art, mais Lady Aicha ne le laissait pas en paix. Macaire a pris peur. Quand il a appelé le superintendant, c'est pour lui parler de la statuette de Zagazig, ou plus exactement de sa disparition qui lui causait tant de soucis, et des inquiétudes que lui occasionnait la présence dans sa boutique d'une convertie particulièrement agressive. Macaire ne se trompait pas. Il a dû lui refuser quelque chose ou la décevoir. Furieuse, Lady Aicha l'a assassiné puis a dévasté le magasin. C'est pourquoi elle a éclaté de rire quand j'ai accusé son mari de meurtre. Elle savait bien qu'il ne pouvait être coupable.

Tous les participants à la reconstitution, excepté Cyrille Maskun, toujours prostré, tournèrent leurs regards vers les Wainworth enlacés.

– Je ne suis pas coupable, dit Lady Aicha, parlant avec peine. Ce fut un accident, un malheureux accident... Macaire m'avait donné des tisanes inefficaces... Il prétendait ne pas pouvoir faire mieux... La fureur m'a prise. J'ai saisi un bocal et l'ai jeté dans sa direction. Hélas, je l'ai atteint en plein front. Quand j'ai compris qu'il était mort, je suis devenue comme folle. Je ne sais plus ce que j'ai fait. Je crois que j'ai tout cassé et que je me suis enfuie. C'est si injuste, inspecteur, si injuste... Pourquoi a-t-on volé la statuette? Pourquoi m'a-t-on empêchée de la toucher?

Lady Aicha s'effondra en larmes dans les bras de son mari.

Marie, la fille de Macaire, pleurait doucement.

Mgr Makarius s'exprima avec gravité.

– Permettez-moi de vous féliciter, inspecteur. Vous avez fait la lumière sur la mort accidentelle de notre pauvre Macaire. Je vous demanderai toute votre indulgence pour cette malheureuse qui n'est pas responsable de ses actes. Mais... qui a tué notre vénéré Apa Shenouda?

Higgins, au fond de l'église, faisait face à l'évêque copte.

– Personne, Eminence.

Scott Marlow eut un coup de sang. Ainsi, Higgins avait échoué. Le superintendant n'osait imaginer les conséquences qu'il devrait bientôt affronter.

– Personne, répéta Higgins, car l'Apa Shenouda s'est suicidé. L'étude approfondie des diverses hypothèses aboutit à cette conclusion. Nous avons tous cru qu'un homme seul ne pouvait pas se tuer de cette manière. Nous ne saurons jamais ce qui s'est exactement passé et comment il a procédé, mais c'est la seule solution envisageable. Le témoignage de Cyrille Maskun est tout à fait exact. Il a vu passer une ombre, et cette ombre était l'Apa Shenouda lui-même. Ensuite, quand il est monté sur le toit, il l'a vu brûler. Soupçonner Cyrille Maskun de meurtre, me direz-vous? Qui pourrait y croire un seul instant? Il est bien trop émotif et impressionnable. Il a trop le respect de la hiérarchie ecclésiastique. Nous ne pouvons même pas l'inculper de non-assistance à personne en danger de mort. Porter secours à l'Apa Shenouda en train de brûler était impossible. Si Maskun n'a pas appelé immédiatement la police, c'était pour organiser la machination qui aurait permis de guerroyer contre les anglicans. Ensuite, il a porté le deuil en jeûnant. Il avait tellement mauvaise conscience qu'il a utilisé un talisman contre les démons. Macaire l'a fabriqué et Marie le lui a apporté. Maskun était mon seul suspect. Son innocence me paraît acquise.

– Un suicide, répéta Mgr Makarius, incrédule. Qui aurait pu imaginer...

– C'est choquant, admit Higgins. Mais l'Apa Shenouda n'a pu supporter son échec. Une sorte de dépression, un moment de désespoir... Les hommes sont fragiles.

Au grand étonnement de Scott Marlow, qui éprouvait la plus grande peine à s'habituer à la thèse de son collègue, personne ne protesta.

– Aucun meurtre n'a été commis, conclut Higgins. L'Apa Shenouda s'est suicidé. Macaire a été victime d'un accident. Pour Scotland Yard, l'affaire est classée.

CHAPITRE 22

– Vous ne me laissez pas le choix, dit le révérend Henry Dickens à Higgins.

– C'est exact.

– Tout de même... La pilule est énorme.

– En apparence seulement, révérend. L'Eglise anglicane sort grandie de ce drame. Elle fait la paix avec les coptes et leur accorde un raisonnable droit de cité. Grâce à vous est proposé et signé un pacte de non-agression entre les deux communautés. Quel meilleur résultat pouvait-on espérer?

– Tout de même, ce que vous m'avez appris...

– Je ne vous ai rien appris, révérend. Abigail Westermore n'a jamais volé la statuette de Zagazig. Vous ne vous êtes pas compromis avec Mgr Makarius. Chacun est resté à sa place pour le plus grand bonheur de tous.

– C'est peut-être mieux ainsi, reconnut Henry Dickens, trop heureux de retourner à ses recherches.

– C'est beaucoup mieux ainsi, affirma Higgins.

L'ex-inspecteur-chef se leva et se dirigea vers la porte du bureau du révérend. Au moment de sortir, il se retourna vers son interlocuteur.

– Soyez loué pour votre tolérance, révérend... Et merci pour le document que vous avez bien voulu signer. Il vous met à l'abri d'un regrettable revirement.

***

L'entretien avec le révérend Dickens avait occupé une bonne partie de la matinée. Higgins avait un autre rendez-vous important à 11 h 30.

Pendant que le taxi le conduisait vers sa destination, l'ex-inspecteur-chef songea au couple Wainworth. Ils avaient pris un excellent avocat qui les tirerait d'affaire. Lady Aicha serait envoyée quelque temps en maison de repos. Restait à espérer que l'affection de son mari lui permettrait enfin de voir la réalité en face et de surmonter l'épreuve.

Le taxi arrêta Higgins devant un pub portant le nom de *Phene Arms*. Petite maison de brique à un étage, le pub avait des fenêtres à guillotine qui agrémentaient une façade à l'ancienne, avec des panneaux inférieurs de couleur verte et des fenêtres rectangulaires que fermaient des rideaux. *Phene Arms* était célèbre pour son agréable terrasse fleurie où subsistaient quelques arbres, éclairés le soir par des lanternes. Les tables étaient des tonneaux de bière renversés.

Il y avait déjà un certain nombre de clients, attirés par une température clémente et un ciel dégagé. Le plus remarquable d'entre eux était un vieux moine copte à la barbe grisonnante qui semblait endormi, les deux mains appuyées sur sa canne.

Higgins s'assit en face de l'Apa Tebtounios.

– Me voici, dit-il avec un bon sourire. Avez-vous trouvé facilement?

– Londres est une immense cité... Qui peut se vanter de bien la connaître? Heureusement, les chauffeurs de taxi sont très efficaces.

L'anglais de l'Apa Tebtounios demeurait approximatif. Mais la lenteur de l'élocution permettait à Higgins de le comprendre.

– Je viens d'avoir un long entretien avec le révérend Henry Dickens, révéla Higgins. Son rapport final sera extrêmement favorable aux coptes. Vous pourrez vous implanter en Grande-Bretagne et vous y développer dans les limites de l'ordre et de la loi. Les sources de conflit sont taries pour longtemps.

– C'est une grande victoire pour nous. J'en suis très heureux.

Higgins semblait pensif.

– Que désirez-vous boire, Eminence?

– Puisque la sagesse consiste à s'adapter aux coutumes locales, je choisirai un thé.

Higgins commanda un thé et un verre de Royal Salute. Il lui fallait le meilleur whisky pour mener à terme son entreprise.

– Une victoire qui appelle réserves et commentaires, observa l'ex-inspecteur-chef. La disparition d'un de vos chefs spirituels ne demeure-t-elle pas une tragédie?

Le vieil Apa leva péniblement la main droite et la laissa retomber sur sa canne.

– Les hommes ne sont rien au regard de Dieu. Les plus illustres d'entre eux sont condamnés à mourir. Que chacun accepte son sort.

Elevé en Orient, Higgins avait un penchant certain pour le fatalisme, à condition que le destin demeurât lui-même et que personne ne le manipulât. Dans le cas de l'Apa Shenouda, la fatalité n'avait joué aucun rôle.

– Lady Aicha est une étrange personne, indiqua Higgins, mais elle ne manque pas de bon sens et elle connaît bien les coptes. D'après elle, si assassinat il y avait, le coupable ne pouvait être un copte. Cet avis m'a semblé décisif. Que l'Apa Shenouda ait eu des ennuis dans sa communauté, rien d'étonnant. Mais aucun d'eux ne serait allé jusqu'au meurtre.

– C'est ce qui vous a fait conclure au suicide avec beaucoup de sagacité, inspecteur.

Higgins, très concentré, continua comme s'il n'avait rien entendu.

– L'Apa Shenouda était la réincarnation d'un grand saint portant le même nom, qui avait vécu au Ve siècle. En relisant les vieux textes, j'ai effectivement constaté que personne ne pourrait attenter à sa vie sans encourir une damnation éternelle. L'existence de l'Apa Shenouda fut une longue lutte contre les démons. Il en sortit vainqueur. Donc, celui qui fut sa réincarnation ne pouvait être vaincu, contrairement aux apparences.

L'Apa Tebtounios parut irrité par cette analyse.

– Interprétation audacieuse, mon fils... Très audacieuse.

– Mais pas contestable, Eminence, et surtout pas par vous.

– Pourquoi donc?

– Parce que vous avez hérité de la mission de l'Apa Shenouda. Et surtout parce que l'Apa Shenouda, c'est vous.

L'Apa Tebtounios demeura d'un calme parfait.

– Quelle étrange idée, inspecteur... d'où vous vient-elle?

– La meilleure réincarnation, Eminence, n'est-elle pas de rester soi-même contre vents et marées? L'Apa Shenouda n'avait pas été assassiné, j'en étais sûr. Un homme de cette trempe ne se suicide pas et il ne renonce pas à la tâche qu'il s'est fixée. Quelle solution avait-il adoptée, sinon de changer de peau et d'apparence? En revenant avec un autre nom, il pouvait profiter au maximum de la situation.

– Tout cela est bien rocambolesque, mon fils.

– Je reconnais que vous avez soigné les détails. Vous avez décoloré votre barbe pour la rendre grisonnante, vous parlez un mauvais anglais en prenant soin de rester silencieux la plupart du temps et de paraître endormi. Qui se méfierait d'un vieillard presque sénile, incapable de se déplacer sans sa canne?

– N'accablez pas mon grand âge. Il est la cause de tous mes maux.

– Il vous faudra tenir le rôle encore longtemps, avertit Higgins. Lorsque vous êtes arrivé à Londres, vous avez fait mine d'être désemparé et d'être le jouet des événements. Très vite, cependant, vous avez manœuvré avec une surprenante habileté. Vous avez rapidement rétabli le calme grâce à votre seule présence. Qui d'autre que l'Apa Shenouda pouvait disposer d'un tel pouvoir sur la foule?

– J'ai eu de la chance, voilà tout... Les manifestants ont respecté un vieillard.

– Ils ont été subjugués par vous, rectifia Higgins, au point d'en oublier leurs revendications et de vous accorder une confiance totale. Désormais, ils vous suivront.

– Jusqu'à ce que je sois vraiment trop bien et obligé de retourner à Alexandrie.

– La date doit déjà être arrêtée, jugea Higgins, mais il faudra quelques années pour implanter solidement votre Eglise.

– Dieu décidera.

– Sauf votre respect, Eminence, vous lui donnez un sérieux coup de main.

L'élocution de l'Apa Tebtounios s'était modifiée de façon sensible. Il parlait plus vite et avec un bien meilleur accent.

– Rester vous-même en devenant un autre vous a procuré un immense avantage, ajouta l'ex-inspecteur-chef. Vous avez assisté à l'enquête en demeurant aux premières loges. Sans doute seriez-vous intervenu d'une façon ou d'une autre si une accusation formelle avait été formulée contre un innocent.

– Ce ne fut pas le cas et je vous en félicite.

– J'ai sans doute eu de la chance, moi aussi.

– Un proverbe occidental affirme qu'elle ne sourit qu'aux audacieux.

– En ce cas, Eminence, il n'y a pas de hasard. En jouant les endormis, notamment lorsque vous étiez assis à l'arrière de la Bentley, vous écoutiez avec la plus grande attention les conversations entre Scott Marlow et moi-même. Rien ne vous échappait. Etre témoin des investigations menées sur sa propre mort requiert, en effet, une rare audace et constitue un exceptionnel privilège.

– Si cela était, je ne saurais dire le contraire, inspecteur. Mais vous oubliez l'attentat.

– La fausse bombe? Ne me faites pas injure, Eminence. Je confirme ce que j'ai déclaré pendant la reconstitution, avec un détail supplémentaire. Marie a agi sur l'ordre de son père qui lui avait demandé de jouer cette scène quelque temps après votre arrivée. Elle écarterait définitivement tout soupçon concernant votre identité. Ce luxe stratégique venait trop tard. Je savais déjà qui vous étiez. Je savais donc que vous ne risquiez rien et qu'il n'y aurait aucun attentat réel contre vous.

– Vous preniez un bien grand risque, inspecteur.

– Bien sûr que non. L'Apa Tebtounios n'existe pas. Ou bien il est mort et vous avez pris son identité. Il me suffirait de contacter les archives coptes d'Alexandrie ou du Caire pour en obtenir la preuve.

– Dispensez-vous de cette peine. Cela vous prendrait beaucoup de temps.

– Vous reconnaissez donc être l'Apa Shenouda ?

– Ceci reste une hypothèse de travail, inspecteur. Pourquoi aurais-je changé d'identité ?

– Vous vous êtes rendu compte que les négociations avec les anglicans n'aboutiraient à rien. Le révérend Dickens n'était pas de taille à débattre avec vous et, comme tous les faibles, préférait se réfugier dans une opposition stérile. Dans votre camp, vous aviez deux ennemis sérieux : le mystique exalté, Cyrille Maskun, et le fourbe Mgr Makarius. Ils luttaient contre toute entente avec les anglicans et aussi contre vous parce que vous preniez la tête de la communauté copte qu'ils désiraient tant diriger. Vous avez dû éprouver une immense déception en découvrant la réalité.

– Les hommes ne sont que des hommes, inspecteur, même s'ils vouent leur existence à Dieu. Rien ne sert de se voiler la face.

– C'est précisément ce que vous avez décidé de faire, Eminence. Votre analyse a été rapide et définitive. Des mois de discussion se seraient terminés par un échec. Quelle solution adopter, sinon de devenir un martyr? L'idée était aussi insolite qu'efficace. Mettre en scène la mort de l'Apa Shenouda et faire croire à tous qu'il s'agissait d'un crime attirerait forcément l'attention sur le problème copte. Des manifestations de protestation ont été organisées. La Couronne a été alertée. Les autorités se sont inquiétées. Les coptes sont apparus comme une minorité persécutée qui a enfin attiré la sympathie que vous espériez tant. Un de mes amis coptes m'a fourni une précision des plus significatives. Ce grand mouvement de protestation et de révolte a permis de fédérer les diverses factions et de donner une unité et un dynamisme nouveau au mouvement copte en Grande-Bretagne. Vous y aviez pensé, n'est-il pas vrai?

– Il serait difficile de prétendre que l'Apa Shenouda n'avait pas envisagé cet heureux événement.

– Le risque énorme que vous avez pris, rappela Higgins, est de semer l'agitation dans la rue et de ne plus pouvoir l'arrêter.

– Le chaos, où qu'il se produise, appartient aux forces démoniaques. C'est précisément la spécialité des Apa que de les combattre et de ramener la paix. Le thé anglais est excellent, mais j'aimerais goûter une autre spécialité un peu plus... corsée. A mon âge, il est bon de consommer des remontants.

Higgins commanda un second verre de Royal Salute. L'Apa ne cacha pas sa satisfaction.

– Excellent... Une véritable médecine. Votre reconstitution des événements est tout à fait brillante, inspecteur, mais il subsiste des points d'interrogation. Comment, venant d'Alexandrie et débarquant dans un pays inconnu, l'Apa Shenouda aurait-il pu déployer une stratégie aussi complexe?

– Grâce à un allié sur place, répondit Higgins : Macaire. Ce petit homme effacé savait tout sur tout le monde. Il est devenu votre secrétaire particulier, ce qui m'a intrigué. Il vous a informé sur la réalité de la situation, les ambitions de Mgr Makarius, les excès mystiques de Cyrille Maskun. Vous-même avez compris que Macaire était un être pur, qui ne songeait qu'au bien-être de la communauté copte. C'est sans doute ensemble que vous avez formé votre projet.

– Pauvre Macaire... Un homme remarquable, il est vrai. Sa mort m'a causé une peine profonde. Une mort si stupide, si injuste. Grâce à lui, il est vrai, de grandes choses ont été rendues possibles.

– Macaire a pris soin de récupérer rapidement les objets sacrés appartenant à l'Apa Shenouda, dit Higgins, une croix copte et une bague remarquable par son décor : un oiseau qui n'était autre qu'un phénix stylisé. Votre talisman, Eminence. Un petit détail qui m'a éclairé. Le phénix est celui qui meurt apparemment dans le feu et renaît de ses cendres. Exactement votre plan.

– Vous finiriez presque par me convaincre, inspecteur. Mais il demeure, si j'ose dire, un obstacle majeur : le cadavre qui a effectivement brûlé. Les différents indices tendaient à prouver qu'il s'agissait bien de celui de l'Apa Shenouda.

– Le montage était habile, reconnut Higgins. Je me suis pourtant méfié dès la première minute, tant la volonté de destruction totale du corps semblait évidente. Plus d'empreintes, quelques pauvres restes...

– La dentition, inspecteur. N'est-elle pas une preuve?

– Vous avez parfaitement abusé Mgr Makarius en lui parlant d'un accident au cours duquel vous vous seriez cassé une dent. Le dentiste choisi pour ces soins fut anglican, au hasard. Encore ce luxe de détails qui m'a intrigué. Vous vous êtes réellement cassé cette dent et vous êtes bien allé voir ce dentiste. Il a établi une fiche à votre nom. Il attendait votre prochaine visite pour vous soigner. La mort vous a empêché d'y aller.

– Que dire de plus, inspecteur?

– Que vous avez utilisé un cadavre qui avait une dent cassée et que vous avez reproduit sur vous-même cet accident afin que l'on puisse identifier *votre* cadavre de manière formelle. Prévoyant le pire, vous êtes même allé plus loin. Quelques cheveux, par miracle, n'ont pas été brûlés. J'ai pris soin de recueillir sur vos vêtements ecclésiastiques et votre peigne des cheveux et de les faire analyser. C'étaient bien les mêmes et j'aurais dû être abusé. Mais même un grand homme peut souffrir de petits défauts physiques. Vous utilisiez une lotion à base de poudre d'ortie, donc destinée à lutter contre les pellicules. Les cheveux du cadavre brûlé à votre place n'en avaient pas. Ce sont des cheveux de ce mort-là que vous avez vous-même déposés sur vos vêtements et sur votre peigne, au cas où un inspecteur pointilleux irait jusque-là. Mais vous avez oublié que ce même inspecteur pouvait connaître les vertus de la poudre d'ortie.

– Ce n'était qu'une minuscule négligence, vous l'admettrez.

– Dès cet instant, révéla Higgins, j'ai pensé à une extraordinaire machination. J'ai d'ores et déjà pris des dispositions, mais elles pourraient être annulées par un fait nouveau. Si je ne me suis pas trompé, ce cadavre était celui d'un clochard.

– Exact, inspecteur.

– Bien entendu, le malheureux était déjà mort quand vous l'avez ramassé?

Le ton de l'Apa se fit brusquement très vigoureux.

– Inspecteur! Vous n'allez quand même pas me soupçonner de meurtre! C'est Macaire qui a trouvé ce pauvre homme, sur les docks. Il me ressemblait. Même taille, même corpulence. Macaire a eu l'idée de cette substitution. Je l'ai approuvée. Dieu nous a offert cette occasion.

Higgins parut soulagé.

– Macaire ne m'a donc pas menti en m'affirmant qu'il ne savait rien de précis sur le crime qui avait été commis... puisqu'il n'y a pas eu crime. Je suppose que c'est vous-même et Macaire qui avez monté sur le toit le cadavre du clochard. Macaire seul n'en aurait pas eu la force.

L'Apa approuva d'un hochement de tête et but une rasade de Royal Salute.

– Vous disparu, la fille de Macaire a servi d'intermédiaire pour vous transmettre des messages rédigés par Macaire et fixer des lieux de rendez-vous où vous pourriez discuter en secret de l'évolution de la situation.

– En effet, inspecteur.

– Marie a dû être surprise de la réaction de son père après qu'elle lui eut révélé avoir vu Cyrille Maskun cacher des objets anglicans. Normalement, Macaire aurait dû mettre Maskun en cause et attaquer les anglicans.

– Marie adorait son père. Elle était très obéissante. Il lui a demandé de rester calme car il ne pouvait tout lui dire. Pour brouiller définitivement les pistes, il a exécuté lui-même des rites de destruction autour de l'église copte.

– N'était-ce pas dangereux?

– Non, inspecteur. Macaire avait utilisé un vulgaire poulet. Seul un volatile sacralisé avant d'être sacrifié se révèle efficace.

– J'ai fait semblant de croire que la dernière lettre écrite par Macaire était un faux composé par sa fille qui a joué le jeu. En réalité, il ne s'adressait pas au criminel, comme l'a supposé le superintendant Marlow, mais bien à l'Apa Shenouda. Macaire, Marie et vous aviez mis au point un système de correspondance et de rendez-vous qui permettait d'échapper à toute filature éventuelle. C'est pourquoi notre petit piège n'a pas fonctionné.

– Marie devait téléphoner après avoir posté les lettres. Si elle ne le faisait pas, c'est qu'il y avait danger.

– Connaît-elle toute la vérité?

– Non, inspecteur. Elle servait d'agent de liaison. Seul Macaire savait.

– Macaire qui, dans sa dernière lettre, commençait à prendre peur. Il se demandait si votre plan ne finirait pas par être démonté. Et il voulait surtout vous prévenir d'un danger qui le menaçait. Un danger qui se nommait Aicha.

– Ni lui ni moi n'avions prévu qu'il pourrait être victime de cette exaltée.

– Sa mort a dû vous poser de nombreux problèmes. Sans doute avez-vous cru qu'un criminel, bien réel celui-ci, avait décidé de s'attaquer à vous après avoir fait parler Macaire. Vous étiez si choqué par la disparition de votre ami que vous n'êtes pas venu à la cérémonie pour le repos de son âme.

– J'ai été très troublé, en effet... Sans doute suis-je allé trop loin. Dieu a rappelé Macaire auprès de lui pour me punir. Mais le résultat le plus important n'a-t-il pas été obtenu? La communauté copte n'a-t-elle pas acquis droit de cité dans un climat de paix et de compréhension?

– Vous êtes parvenu à vos fins, admit Higgins. Le reste est affaire de conscience.

L'Apa Shenouda considéra l'ex-inspecteur-chef avec un étonnement certain.

– Mais... Pourquoi ne m'arrêtez-vous pas?

Higgins regarda le ciel presque bleu de la capitale.

– Henry Dickens m'a remis une déclaration sur l'honneur, signée de sa main. Il s'engage à ne mener aucune lutte contre les coptes et à ne rien révéler de ce que je lui ai appris. Vous allez me signer le même engagement vis-à-vis des anglicans. Tout ce qui s'est passé de part et d'autre sera ainsi oublié. Les affaires de religion ne doivent pas relever d'un autre domaine que celui de la foi. Connaissez-vous la parole du sage chinois Tchouang-tseu? Il ne faut pas se tourner vers la perspective de l'homme, mais vers celle du ciel. Aller vers le ciel, c'est faciliter la vie. Aller vers l'homme, c'est détruire la vie. Vous avez réussi à construire votre communauté, Eminence. Qu'elle aille vers le ciel. Quant aux hommes, oublions-les. A quoi servirait-il de les faire comparaître devant un tribunal?

– Vous êtes un bien étrange personnage, monsieur Higgins.

– Un ex-inspecteur-chef de Scotland Yard qui fait son travail, Eminence. Rien de plus.

– Votre rapport final...

– Le rapport final est signé par le superintendant Marlow. Il fait mention d'un suicide et d'une mort accidentelle.

– Je ne demande aucune faveur, inspecteur.

– Je ne vous en accorde aucune, Eminence. La paix entre les deux communautés a été rétablie. Les coptes peuvent vivre leur foi. Les anglicans ne sont pas taxés d'intolérance. Un vieil homme, l'Apa Tebtounios, donnera un élan de sagesse à sa communauté et se choisira un successeur qui ne sera ni l'évêque Makarius, ni le prêtre Maskun. Quant à Macaire, je ne peux le ressusciter. Auriez-vous d'autres suggestions?

– J'aimerais vous offrir un autre verre, inspecteur.

CHAPITRE 23

Malcom MacCullough posa sur la table un pudding au chocolat et à la menthe fraîche.

– Cette fois, dit-il, je suis sûr de moi. Celui-là, vous n'êtes pas près de l'oublier.

Dès la première bouchée, Higgins sut que le commissaire-priseur écossais avait raison. Son foie, en effet, n'était pas près d'oublier ce chocolat nettement trop riche et la sauce qui l'accompagnait.

Le superintendant Marlow, qui avait reçu les plus vives félicitations du grand patron du Yard, était aux anges. Il avala son pudding dans un état proche de la béatitude.

– Quelle étrange affaire, jugea Malcom MacCullough à qui Marlow avait révélé l'essentiel du mystère de Kensington. J'ai rarement vu Higgins aussi peu loquace.

– Ton pudding est vraiment remarquable, dit l'ex-inspecteur-chef. Le surintendant a fait une excellente synthèse. Y ajouter des détails secondaires n'aurait aucun intérêt.

Dans son carnet noir, Higgins avait glissé les deux déclarations sur l'honneur signées par le révérend Henry Dickens et l'Apa Shenouda. Il n'avait pas jugé bon de les remettre aux autorités. L'essentiel était que le copte et l'anglican fussent persuadés qu'elles les avaient bien reçues. Ces précieux documents iraient s'ajouter à ceux que l'ex-inspecteur-chef conservait dans son bureau, au premier étage de son cottage, là où Mary n'avait pas le droit d'accéder avec son plumeau. Après sa mort, quelqu'un en ferait peut-être l'inventaire. A moins qu'il ne s'agisse d'un écrivain qui en profiterait pour créer une série d'aventures policières.

– Quelle bizarre destinée, releva Malcom MacCullough... Un Apa copte qui vient se suicider par le feu à Londres. Vous trouvez ça normal, vous?

– L'important, mon cher, rétorqua Scott Marlow, est notre intime conviction. Mon rapport a été approuvé par le Yard. Les anglicans et les coptes ne le contestent pas. Que demander de plus?

– Ah! s'exclama Higgins. J'allais oublier...

Une lueur de curiosité brilla dans l'œil du commissaire-priseur.

Higgins lui avait réservé une surprise.

L'ex-inspecteur-chef posa sur la table une pièce antique.

– J'ai parlé à l'Apa Tebtounios de la passion du superintendant pour la numismatique. Il a tenu à rendre hommage au Yard en lui faisant un petit présent.

Malcom MacCullough examina l'objet avec intérêt.

– Tout à fait superbe... C'est une pièce copte ancienne, avec la représentation d'un phénix. Mes félicitations, superintendant. L'Apa ne s'est pas moqué de vous.

*
**

Scott Marlow, dont la digestion n'était pas aussi aisée qu'il l'avait prévu, accompagna Higgins à la gare. Bien qu'aucun doute majeur ne subsistât dans son esprit, le superintendant aurait aimé voir certains détails mieux éclaircis. Interroger Higgins risquait de le contrarier. Il s'y risqua prudemment.

– Nous avons mené cette affaire avec beaucoup de rigueur, mon cher Higgins. Tout est clair, à présent... Mais toutes les responsabilités des uns et des autres ont-elle été définitivement établies? Etes-vous certain de...

– La qualité du regard, mon cher Marlow, voilà ce qui compte dans notre métier. Ouvrez un œil éteint sur le monde qui vous entoure et vous n'apercevrez que de faux témoins. Qu'il soit lucide, et vous isolerez le coupable comme une touffe d'herbe folle au milieu d'une pelouse parfaite.

Quand le train entra en gare, Scott Marlow bénit l'administration. Elle était vraiment la seule à croire que la vérité se trouvât dans un rapport. Puisqu'il n'y avait plus de mystère à Kensington, inutile de faire la fine bouche. Perdant toute dignité, Scott Marlow regagna sa Bentley en sifflotant et en jonglant avec la pièce au phénix.

Composé par Euronumérique 92120 Montrouge
et achevé d'imprimer en avril 1996
sur les presses de la Société Nouvelle Firmin-Didot
à Mesnil-sur-l'Estrée (Eure)

- N° d'imprimeur : 34315 -
- N° d'éditeur : DSY 10 -
Dépôt légal : avril 1996.

Imprimé en France